HEYNE <

Das Buch

Neue Kolumnen der Bestsellerautorin. Alles dreht sich darum, wie Frauen von heute Beruf, Liebe und persönliche Leidenschaften unter einen Hut bringen. Mit viel Selbstironie berichtet Amelie Fried von ihrem eigenen Leben und dem ihrer Familie, in der man sich daran gewöhnt hat, dass nicht immer alles nach Plan läuft. Der Leser lernt dauerduschende Aupairmädchen, verliebte Kater, innere Schweinehunde und alle Vor- und Nachteile der Ehe kennen – und die Erzählerin als total versagende, schlaflose Hausfrau mit Handy-Tick und vielen anderen verborgenen Lastern.

Die Autorin

Amelie Fried wurde 1958 in Ulm geboren. Nach ihrem Studium moderierte sie zahlreiche Fernsehsendungen, darunter *Live aus dem Alabama*, *Live aus der alten Oper*, *Stern-TV* und *Kinderella*. Derzeit ist sie Gastgeberin der Talkshow *3 nach 9*. Sie erhielt zahlreiche Fernsehpreise. Für ihr erstes Kinderbuch *Hat Opa einen Anzug an?* erhielt sie 1998 den Deutschen Jugendliteraturpreis, ihr zweites Kinderbuch *Der unsichtbare Vater* kam auf die Auswahlliste. Ihre Bestseller-Romane *Traumfrau mit Nebenwirkungen*, *Am Anfang war der Seitensprung* und *Der Mann von nebenan* wurden bereits verfilmt. Die Verfilmung von *Glücksspieler* ist in Vorbereitung. Die Autorin lebt mit ihrer Familie in der Nähe von München.
Im Wilhelm Heyne Verlag liegen vor: *Am Anfang war der Seitensprung* (01/10996), *Der Mann von nebenan* (01/13194), *Geheime Leidenschaften* (01/13361) und *Glücksspieler* (01/13657).

AMELIE FRIED

Verborgene Laster

und andere Geständnisse

WILHELM HEYNE VERLAG
MÜNCHEN

HEYNE ALLGEMEINE REIHE
Band-Nr. 01/13869

Umwelthinweis:
Dieses Buch wurde auf chlor- und säurefreiem Papier gedruckt.

Originalausgabe 07/2003

Der Wilhelm Heyne Verlag ist ein Verlag
der Ullstein Heyne List GmbH & Co. KG
Printed in Germany 2003
Umschlagillustration: Sigi Ahl
Umschlaggestaltung: Eisele Grafik-Design, München
Satz: Schaber Satz- und Datentechnik, Wels
Gesetzt aus der Palatino
Druck und Bindung: Elsnerdruck, Berlin

ISBN 3-453-87129-4

http://www.heyne.de

Inhaltsverzeichnis

Zögerer und Entscheider

Es gibt viele Sorten Menschen: Die Morgenmuffel und die Nachtmenschen. Die Kiffer und die Trinker. Die Berliner und die Münchner. Die Aufräumer und die Schlamper. Die Redner und die Schweiger. Die Behalter und die Wegwerfer. Die Zögerer und die Entscheider.

Die meisten dieser Menschen kommen im Prinzip gut miteinander aus. Ein kiffender Berliner und ein trinkender Münchner können durchaus Freunde sein. Ein schweigsamer Behalter und eine redselige Aufräumerin können durchaus ein glückliches Paar abgeben. Selbst ein morgenmuffeliger Wegwerfer und eine nachtaktive Schlamperin können sich irgendwie zusammenraufen. Schwieriger ist es bei Zögerern und Entscheidern.

Ich zum Beispiel gehöre zu den Entscheidern. Die morgendliche Frage »Was soll ich anziehen?« löse ich in maximal zwanzig Sekunden. Nachfolgende Entscheidungen wie: Fahre ich mit Auto oder S-Bahn? Möchte ich einen PC oder einen Mac? Was koche ich zu Mittag? Will ich ins Theater oder ins Kino? treffe ich ebenfalls spontan und aus dem Bauch heraus. Selbst Fragen wie: Heirate ich Jochen oder Peter? Ziehe ich nach Hamburg oder München? Nehmen wir die Wohnung oder nicht? haben mich nie länger als einen halben Tag beschäftigt. Was ich in dieser Zeit nicht entscheiden kann, entscheide ich nie mehr.

Und nun stellen Sie sich vor, ich treffe auf einen Zögerer wie – sagen wir mal, meine Tochter Paulina. Die steht jeden Morgen eine Viertelstunde vor dem Kleiderschrank und überlegt, welches Outfit ihr heute zusagt, wobei sie sich noch mindestens dreimal umentscheidet. Beim Frühstück bestellt sie: »Cornflakes. Oder nein, Haferflocken. Ach nein, doch lieber ein Brot. Mit Marmelade. Nein, lieber Honig. Oder nein, nur Butter. Überhaupt nichts.«

Nach dem Mittagessen überlegt sie ausführlich, welcher Freundin sie heute ihre Gunst schenken möchte. Annika? Jula? Dodo? Katharina? Doch lieber Jula. Oder nein, Lucy.

Das Ende vom Lied ist, dass alle Freundinnen schon was vorhaben, und Paulina sich alleine beschäftigen muss. Fragt sich nur, womit. Malen? Lesen? Schaukeln? Oder doch lieber Fahrrad fahren?

Leicht vorzustellen, welche Szenen sich mit dem Kind im Restaurant, beim Kleiderkauf oder beim Verfassen des weihnachtlichen Wunschzettels abspielen … eine echte Geduldsprobe!

Ob man Zögerer oder Entscheider ist, liegt in den Genen. Man kommt so auf die Welt. Aber die Fülle der Möglichkeiten löst bei den beiden Typen unterschiedliche Reaktionen aus. Die Entscheider haben die Beliebigkeit ihres Tuns erkannt und entscheiden sich ganz schnell für etwas, weil sie wissen, dass man ohnehin selten vorher weiß, was das Richtige ist. Die Zögerer wollen immer die perfekte, die einzig richtige Entscheidung treffen, und da es die meist nicht gibt, entscheiden sie lieber gar nichts, so nach dem Motto: Wer nichts macht, macht auch keine

Fehler. Und so stehen sie sinnend vor dem kalten Büffet und überlegen, welche der vielen Schinkensorten wohl am leckersten schmeckt. Bis sie sich entschieden haben, ist das Büffet abgeräumt.

Hat ein Zögerer es überraschenderweise doch mal geschafft, eine Entscheidung zu treffen, hat er natürlich die allerhöchsten Erwartungen an das Ergebnis. Der Anzug, den er gekauft hat, muss mindestens zehn Jahre halten – schon um sich nicht so bald wieder für einen neuen entscheiden zu müssen. Der Mann, den frau nach jahrelangen Überlegungen geheiratet hat, muss um jeden Preis der Richtige sein – wofür hat sie sich sonst so mit der Entscheidung gequält! Dass Moden sich ändern, dass Beziehungen scheitern können, dass immer wieder neue Entscheidungen nötig werden – für den Zögerer eine schreckliche Vorstellung.

Da ist der Entscheider besser dran. Er entscheidet sich mal richtig, mal falsch – aber meistens schnell. Er leidet auch nicht so sehr unter einer Entscheidung, die sich im Nachhinein als falsch erwiesen hat. »Shit happens«, denkt er bei sich – und trifft eine neue Entscheidung. Im Grunde ist doch das ganze Leben ein kaltes Büffet, und wie der Schinken schmeckt, kann man nur durch Ausprobieren erfahren.

Warum Männer und Frauen nicht zusammenpassen

Dass Frauen von der Venus kommen und Männer vom Mars, ist hinreichend bekannt. Das müsste an und für sich noch kein Problem sein, denn wer sagt denn, dass Angehörige unterschiedlicher planetarischer Kulturen sich nicht verstehen können? Leider zeigt sich immer wieder, dass es doch ein Problem ist. Dass zwischen Männern und Frauen nicht nur Welten liegen, sondern ganze Universen. Dass sie vom Gleichen sprechen können und völlig Unterschiedliches damit meinen. Dass sie glauben, den anderen zu begreifen, und in Wahrheit nicht mal ahnen, was ihn wirklich bewegt.

Männer und Frauen können sich nicht verstehen, weil Männer ...

... das gemeinsame Ansehen eines Fußballspiels als Vorspiel betrachten
... das Lesen von Büchern für den Beginn einer Geisteskrankheit halten
... davon träumen, dass sich Frauen nach dem Sex in eine Pizza und ein Bier verwandeln
... als Zeichen der inneren Unabhängigkeit ihre Socken herumliegen lassen

… Blow-Jobs nicht für Sex halten (siehe Bill Clinton)
… zu faul sind, ihre Hemden selbst zu bügeln
… sich die Geburtstage ihrer Freunde, Frauen und Kinder nicht merken
… Weinen im Kino für unmännlich halten
… das Ansehen von Pornovideos für männlich halten
… Gespräche über die Beziehung nur führen, wenn es ums Schlussmachen geht
… sich die Namen der Freundinnen ihrer Frauen nicht merken
… Kinder am nettesten finden, wenn sie schlafen
… Männer mit Rollenkoffern für schwul halten
… Frauen mit großem Busen für blöd halten
… Blumen nur verschenken, wenn sie ein schlechtes Gewissen haben
… lebensgefährliches Überholen für ein Zeichen von Potenz halten
… für einmal Abspülen pro Woche das Bundesverdienstkreuz erwarten
… immer das an Frauen toll finden, was die eigene Frau nicht hat
… beim Einkaufsbummel von Lähmungserscheinungen befallen werden
… lieber lautstark leiden, als einmal zum Arzt zu gehen
… immer dann wichtige Termine haben, wenn in der Schule Elternabend ist
… immer dann keine wichtigen Termine haben, wenn der Sportverein sein alljährliches todlangweiliges Grillfest veranstaltet

Männer und Frauen können sich aber auch nicht verstehen, weil Frauen ...

... immer noch glauben, dass Männer kein Vorspiel mögen
... sich für die schlechteren Autofahrer halten
... dazu neigen, Sex und Liebe zu verwechseln
... das Reden über die Beziehung oft wichtiger finden als die Beziehung selbst
... ein schlechtes Gewissen kriegen, wenn sie Überstunden machen und Spaß dabei haben
... ein noch schlechteres Gewissen kriegen, wenn sie keine Überstunden machen
... gelungene Kindergeburtstage für das Wichtigste in ihrem Leben halten
... einen harmlosen Witz als sexuelle Belästigung missverstehen
... Kritik an ihrer Arbeit mit Kritik an ihrer Person verwechseln
... die Frage »kommst du noch mit rauf« für einen verkappten Heiratsantrag halten
... davon träumen, dass Männer sich nach dem Sex in ein Schaumbad und ein Glas Champagner verwandeln
... das Tragen von unbequemen Schuhen für weiblich halten
... Erfolg im Beruf für unweiblich halten
... sich die Namen der Spieler des Lieblingsvereins ihres Mannes nicht merken
... sich aber sämtliche Namen sämtlicher Ex-Freundinnen ihres Mannes merken
... blöd genug sind, die Hemden ihrer Männer zu bügeln
... das Lesen von Büchern für ein Zeichen von Intelligenz halten

… sich nach einem Streit mit Blumen abspeisen lassen
… eine entspannende Nackenmassage einer anstrengenden Liebesnacht vorziehen
… glauben, dass ein Mann sensibel ist, nur weil er im Kino heult
… Frauen mit großem Busen für blöd halten
… Männer mit Rollenkoffern für den Gepäckträger halten

Edel sei der Mensch ...

Ich bin ein so guter Mensch!

Ich liebe meine Familie, ich achte meine Mitmenschen, ich spende für wohltätige Zwecke, ich vollbringe mein Tagwerk ohne zu Murren, ich fahre nicht betrunken Auto, ich fahre nicht schwarz mit der S-Bahn, ich fälsche keine Bewirtungsquittungen, ich rede nicht schlecht über andere, ich bin dankbar für das was ich habe, ich empfinde Mitgefühl für Kranke, ich kippe kein Altöl in die Natur, ich gehe wählen, ich klaue keine Zeitungen, ich kriege ein schlechtes Gewissen, wenn ich ein Polizeiauto sehe, ich werfe keine Lebensmittel weg, ich trenne zehn Sorten Müll, ich engagiere mich für eine Tierschutzorganisation, für AIDS-Kranke und gegen Ausländerfeindlichkeit, ich erzähle keine Polenwitze und bin gegen Kinderarbeit in aller Welt ... ach Gott, was bin ich für ein guter Mensch!

Und wissen Sie was? Manchmal langweilt mich das Gut-Sein zu Tode.

Wäre es nicht viel lustiger, eine von diesen Giftspritzen zu sein, die sich scharfzüngig über andere hermachen, sobald die den Raum verlassen haben? Wäre das Leben nicht interessanter, wenn ich mich trauen würde, hin und wieder schwarz zu fahren oder einen Lippenstift zu klauen? Wäre es nicht enorm befreiend, politisch unkorrekte Witze zu reißen?

Es ist nicht nur langweilig, immerzu gut zu sein, es ist auch irre anstrengend. Denn es wäre doch gelogen, wenn wir behaupteten, frei von niederen Instinkten zu sein. Wo, bitte schön, sollen wir denn mit denen hin? Natürlich sind wir schadenfroh, wenn unserem bescheuerten Nachbarn das Moped ausbricht und er eine Delle in sein eigenes Auto fährt. Wenn unsere Lieblingsfeindin von ihrem Lover verlassen wird. Oder irgendein männlicher Wichtigtuer nach dem Verlesen einer Wichtigtuer-Rede übers Mikrofonkabel stolpert. Nur zeigen dürfen wir es nicht, denn Schadenfreude ist nun mal kein feiner Zug.

Ebenso wenig wie Gier, Geiz, Neid, Eifersucht, Missgunst oder Bosheit. Das sind Eigenschaften, die wir alle ganz schrecklich finden, und natürlich sind wir selbst völlig frei davon.

Oder?

Bei genauerem Nachdenken drängt sich ein furchtbarer Verdacht auf: Bin ich vielleicht nur deshalb so ein wahnsinnig guter Mensch geworden, weil ich mich die ganze Zeit anstrenge, meine niederen Instinkte zu bekämpfen? Spende ich womöglich nur, weil ich in Wahrheit geizig bin? Bin ich nur deshalb nett zu meinen Mitmenschen, weil ich sie eigentlich für Idioten halte? Und echauffiere ich mich über Fremdenfeindlichkeit, weil auch in mir selbst die Angst vor dem Fremden lauert?

Könnte doch sein, dass unser Gut-Sein nichts anderes ist als das Ergebnis unseres Kampfes mit den eigenen Schatten. Dass all die niederen Instinkte sehr wohl in uns sind, dass wir aber ständig bestrebt sind, sie nicht herauszulassen. Es ist niederschmetternd, aber vermutlich wahr: Wir können nur gut sein, w e i l wir schlecht sind!

Wenn das stimmt, sollten wir unsere Schattenseiten mal mit anderen Augen betrachten. Ist doch toll, dass wir solche wilden, ungezügelten Anteile in uns haben! Dass wir nicht wirklich nur die langweiligen Gutmenschen ohne Abgründe sind, in denen nichts brodelt außer den Verdauungssäften. Ich mag die Vorstellung, dass in uns allen etwas Mephistophelisches steckt.

Mal ehrlich: Wer hat nicht schon mal davon geträumt, eine Bank zu überfallen, der besten Freundin den Mann auszuspannen, oder wenigstens mal die Kinder zu verhauen, wenn sie sich mal wieder besonders schrecklich aufführen. Wie gerne möchte man mal bei einem vornehmen Abendessen die Füße auf den Tisch legen und laut »Scheiße!« sagen. Oder ohne schlechtes Gewissen diese Sorte Witze weitererzählen, die frauenfeindlich und unanständig sind, aber leider trotzdem furchtbar lustig. Was wäre es für ein Genuss, mal so richtig böse zu sein!

Zu dumm, dass wir uns nicht trauen. Weil wir gelernt haben, dass nur nette Mädchen geliebt werden. Dass nur gute Menschen in den Himmel kommen. Und dass nur ein gutes Gewissen ein weiches Ruhekissen ist. Also belassen wir's dabei, uns das Böse-Sein hie und da mal vorzustellen und die Leute zu bewundern, die sich trauen böse zu sein. Nicht umsonst faszinieren uns gerissene Gauner, freche Mädchen und Bösewichter aller Art.

Vielleicht sollte man trotzdem probieren, bei Gelegenheit ein kleines bisschen böse zu sein. Ich könnte ja beim nächsten Mal in der S-Bahn schwarzfahren. Wenn ich mich traue …

Chaotin und Besänftiger

Ich finde, Pünktlichkeit ist ein dehnbarer Begriff. Wenn mein Zug um 10.00 Uhr abfährt, bin ich pünktlich, wenn ich um 9.59 Uhr auf dem Bahnsteig ankomme. Wenn eine Party um 20.00 Uhr beginnt, bin ich auch noch pünktlich, wenn ich um 20.15 Uhr dort eintreffe. Vermutlich sind mir die Gastgeber sogar dankbar, dass ich nicht Punkt acht da bin; schließlich können sie nicht alle Gäste auf einmal begrüßen.

Mein Mann sieht das anders. Wenn wir um acht Uhr eingeladen sind, steht er ab halb sieben wippend im Badezimmer, heuchelt Interesse für mein Outfit und macht mich nervös. Meistens sagt er nicht mal was. Ich weiß aber genau, was er sagen würde, wenn er was sagen würde. Stattdessen steht er einfach nur herum und sieht mir beim Haarefönen und Wimperntuschen zu. Er selbst ist natürlich längst fertig angezogen und rasiert.

Ich weiß auch nicht, woran es liegt, aber egal, wie viel Zeit ich zur Verfügung habe, am Ende gerate ich immer in Stress. Mir bricht der Schweiß aus, meine mühsam gefönten Haare fallen zusammen, die Klamotten gefallen mir plötzlich nicht mehr, ich werde hektisch und kriege schlechte Laune. Meist verlassen wir wütend das Haus, streiten im Auto noch ein bisschen, und geloben uns dann gegenseitig Besserung.

Mein Mann gehört zu den Menschen, die dreimal kontrollieren, ob alle Fenster und Türen geschlossen sind, bevor er aus dem Haus geht. Er hat alle seine Steuerbelege sorgsam geordnet und immer einen Überblick über den Stand der Haushaltskasse.

Ich hingegen bin imstande, in einem Geschäft zu bezahlen, mich freundlich zu verabschieden – und die Ware liegen zu lassen. Ich merke mir die Geburtstage wildfremder Leute, vergesse aber meinen eigenen Hochzeitstag. Ich schließe mein Auto nicht ab, lasse meine Handtasche mit Geld und Papieren irgendwo rumliegen, verlege ständig wichtige Dokumente und habe keinen blassen Schimmer, wie hoch oder niedrig unser Kontostand ist.

Meinen Mann macht das wahnsinnig. Mich macht es wahnsinnig, dass es ihn wahnsinnig macht. Wir wissen, dass wir in diesen Dingen nie zusammenkommen werden. Dass wir trotzdem seit über zehn Jahren glücklich verheiratet sind, beweist einmal mehr die These, dass man jemanden nicht wegen seiner guten Eigenschaften liebt, sondern trotz seiner schlechten!

Eine Paarbeziehung ist eine Art permanenter Theaterinszenierung, in der jeder seine genau festgelegte Rolle zu spielen hat. Sie die Chaotische und Vergessliche, er der Pünktliche und Zuverlässige. Sie die Spontane und Impulsive, er der Überlegte und Systematische.

Sie die Aufbrausende und Cholerische, er der Besänftigende und Mäßigende.

Vermutlich beruht die Qualität einer Beziehung auf dem geglückten Zusammenspiel der Charaktere, weniger darauf, die Unterschiede zwischen ihnen aus der Welt schaffen zu wollen.

Anfangs glaubt man ja, man könnte den anderen verändern. Man könnte ihm abgewöhnen, seine Hemden falsch herum auf den Bügel zu hängen, das Essen schon vor dem Probieren nachzusalzen, das nasse Handtuch aufs Bett zu schmeißen. Nach ein paar Monaten macht sich Ernüchterung breit, nach ein paar Jahren Resignation. Menschen ändern sich nicht.

Bleibt uns Frauen also nichts anderes übrig, als dieses fremdartige Wesen neben uns, genannt Mann, mit Liebe und Interesse zu betrachten. So nehme ich staunend wahr, dass der Alien an meiner Seite wirklich völlig glücklich ist, wenn Bayern gegen Schalke gewonnen hat. Dass er ein dreigängiges Nouvelle-Cuisine-Menü stehen lässt für ein Wurstbrot mit Senf. Dass er sich tatsächlich daran erinnert, wo er seit zwanzig Jahren irgendein Teil für seinen Gitarrenverstärker aufbewahrt. Und ich bemühe mich, tolerant zu reagieren, wenn er nach dem zwölften Einrichtungsladen die Lust auf Shopping verliert, meine Begeisterung für Beziehungsratgeber einfach nicht teilen will und es nicht lassen kann, das Haus aufzuräumen, weil Gäste kommen.

Gefährlich wird es nur, wenn einer von uns aus seiner gewohnten Rolle ausbrechen will. Als ich neulich mal ganz gegen meine Gewohnheit aufräumte, um meinem Mann eine Freude zu machen, fragte unser Sohn entsetzt: »Was ist los? Ist Papa ausgezogen?«

Warum Kinder Haustiere brauchen, Erwachsene aber nicht

Freunde von uns leben in einem Haus, das so wunderschön und geschmackvoll ist, dass es kürzlich sogar in einer Einrichtungszeitschrift vorgestellt wurde. Es ist von erlesener Architektur und mit edlen Designermöbeln sparsam aber wirkungsvoll eingerichtet – unsere Freunde haben wirklich einen fantastischen Geschmack!

Ihr Hund hat auch einen fantastischen Geschmack. Am liebsten liegt er auf dem weiß bezogenen Sofa. Deshalb liegt auf dem Sofa immer ein Stuhl. Will man sich in einen der weißen Sessel setzen, muss man erst mal Schüsseln, Bücher oder andere Gegenstände wegräumen, die als Hundeschutz darauf liegen. Vor dem offenen Kamin sind Körbe und Kleinmöbel als Barriere aufgebaut, weil der Hund sich gerne in der Asche wälzt, bevor er sich auf die weißen Möbel legt. Die Einrichtung unserer Freunde sieht also in Wahrheit ziemlich merkwürdig aus; gar nicht so wie auf den Fotos in der Zeitschrift.

Obendrein ist der Hund nicht nur faul, sondern auch verfressen; deshalb sieht auch die sehr schön und geschmackvoll ausgestattete Küche unserer Freunde merkwürdig aus.

Alles Essbare wird außerhalb der Reichweite eines Männchen machenden Rhodesian Ridgeback aufbewahrt, also oberhalb von einem Meter achtzig. Knapp unter der Zimmerdecke befinden sich der Brotkasten, Kekse, Chips und sonstige Leckereien. Eine unachtsam abgelegte Tüte mit teuerstem Schweizer Rohmilchkäse fiel kürzlich dem Tier zum Opfer; schicksalergeben speiste die Familie zum Abendessen Kartoffeln ohne Käse.

Der Gesichtsausdruck des Hundes, der voll gefressen auf seiner Decke lag und Blähungen hatte, spielte zwischen zerknirscht und triumphierend.

Meine Kinder finden den Hund süß. Sie finden alle Tiere süß, abgesehen vielleicht von Warzenkröten und Piranhas. Sie haben mir als Haustier bereits ein Ferkel, einen Fuchs, ein Känguruh und eine Giraffe vorgeschlagen. Auch mit Hamster, Meerschwein oder Karnickel würden sie vorlieb nehmen, aber am liebsten hätten sie natürlich einen Hund.

Auch ich liebe Tiere. Deshalb glaube ich, dass ich keinem Tier das Zusammenleben mit mir zumuten sollte. Schon, als ich noch ein Kind war und mir selbstverständlich ebenfalls ein Tier wünschte, hat sich das Verhältnis der Tiere zu mir als problematisch herausgestellt.

Die vom Taschengeld heimlich erstandene Zwergmaus verschwand sofort nach der Ankunft zu Hause hinter dem Bücherregal und ward nicht mehr gesehen. Das von einer Freundin geschenkte Hamsterpaar verschied aus unerfindlichen Gründen nach wenigen Tagen. Die Schildkröte wurde vom Nachbarkind platt getreten. Das Pferd, das ich in einem Preisausschreiben gewinnen sollte, habe ich nie gekriegt. Und die Katze, die uns schließlich zulief, wurde von meinem Vater als die Reinkarnation seiner zweiten Ehefrau erkannt, da sie ausschließlich auf seinem Bett nächtigte.

Bis heute hat sich mein ambivalentes Verhältnis zu meinen Mitgeschöpfen nicht geändert. Ich mag sie, aber sie sind nicht glücklich bei mir. Schon Topfpflanzen überleben meine Pflege nicht; keine Ahnung, was mir bei einem weiteren Versuch mit Haustieren blühen würde. Das Beispiel meiner Freundin Dorothee, deren ausgelaufenes Aquarium in der Wohnung unter ihr einen Dreitausend-Euro-Wasserschaden angerichtet hat, ist mir Warnung gewesen. Ganz abgesehen von der Geschichte mit dem Hummer, der die Abdeckung seines Wasserbeckens beiseite geschoben und das Weite gesucht hat. Mysteriöserweise konnte er in der Wohnung seiner Halter nicht gefunden werden, sollte Ihnen also mal ein herrenloser Hummer begegnen, bitte melden Sie sich!

Die einzigen Tiere, die wir in den letzten Jahren länger beherbergt haben, waren Wespen, die sich hinter einem Holzbalken des Balkons eingenistet hatten. Die waren mir eigentlich ganz sympathisch; sie wollten nichts von mir, und ich nichts von ihnen. Komischerweise finden meine Kinder Wespen als Haustiere nicht süß.

Unsere Freunde mit der geschmackvollen Wohnungseinrichtung denken derzeit übrigens daran, ein weiteres Haustier anzuschaffen, weil der Hund außer Schlafen und Fressen nichts kann, nicht einmal die Zeitung apportieren. Deshalb erwägen sie die Anschaffung eines Zwergponys. Die sollen wahnsinnig intelligent sein. Bringen nicht nur die Zeitung, sondern auch das Bier. Schlafen im Stehen, statt auf dem Sofa. Und mögen keinen Käse.

Bin schon gespannt, wie unsere Freunde ihren edlen Marmorfußboden vor den Pferdehufen schützen wollen. Wahrscheinlich kriegt das Pony Filzpantöffelchen. Oder rote Nike-Turnschühchen. Wie süß!

Als Hausfrau eine Totalversagerin

Kürzlich bekam ich ein Geschenk. Ich packte es aus und hielt einen Karton in der Hand, auf dem Folgendes zu lesen war: »Eierkocher für bis zu 7 Eier – ideal für das große Familienfrühstück. Akustisches Signal bei abgelaufener Kochzeit, Messbecher mit Garstufenregulierung, antihaftbeschichtete Aluminium-Kochschale, integrierter Ei-Anstecher im Messbecher, Eierträger mit handlichem Griff für einfaches Abschrecken und Servieren, Ein/Aus-Schalter mit Kontroll-Leuchte, Kunststoff-Füße für rutschfesten Stand, Kabelaufwicklung im Boden, Eierträger und Haube spülmaschinengeeignet. Für stets perfekte Frühstückseier!«

Mir kam eine grauenhafte Erkenntnis: Zeit meines Lebens hatte ich kein perfektes Frühstücksei zustande gebracht! Wie hatte ich nur leben können ohne integrierten Ei-Anstecher im Messbecher und ohne Kunststoff-Füße für rutschfesten Stand! Wie hatte ich meiner Familie jahrelang Frühstückseier vorsetzen können, die auf vorsintflutliche Weise in einem Topf voller Wasser gekocht worden waren; ohne akustisches Signal bei abgelaufener Kochzeit und ohne handlichen Griff für einfaches Abschrecken und Servieren!

Mein Leben schien plötzlich sinnlos. Ich hatte als Hausfrau völlig versagt.

Mir kamen lauter Geräte in den Sinn, die ich nicht besaß. Eine Kaffeemaschine, zum Beispiel. Ich habe nie verstanden, wozu die gut sein soll, wo man doch problemlos heißes Wasser in einen aufgesetzten Filter gießen kann. Oder eine Brotschneidemaschine. Ich besitze ein Holzbrett und ein Brotmesser, und bislang hatte ich nicht das Gefühl, mir fehle etwas.

Völlig absurd erschien mir auch immer der Besitz einer Nudelmaschine; es dauert Stunden, den Teig herzustellen und auszuwalzen, alles ist total verklebt, und im Topf werden die mühsam ausgerollten Tagliatelle zu einem matschigen Klumpen.

Nun aber fragte ich mich, ob ich ohne elektrischen Cocktail-Mixer, Elektro-Entsafter, Creamer, Dampfdruckfensterreiniger, Folieneinschweißgerät für Tiefkühlkost, Teppich-Shampooniergerät, Eiswürfelbereiter und Spargelschälmaschine überhaupt noch weiterleben konnte.

All diese und viele andere Geräte finden sich im Haushalt unserer Freunde Tobias und Michaela. Sie sind so genannte »Highender«, also Endverbraucher, die immer Bescheid wissen über die neuesten technischen Errungenschaften, und Apparate besitzen, von denen ich noch nicht mal was gehört habe.

Zum Beispiel einen Pflaumen-Entsteiner (»entsteint und teilt Pflaumen in einem Arbeitsgang, rostfreie Edelstahl-Klinge, einfach zu Bedienen, Zerlegen und zu Reinigen«). Ich vermute, in der Zeit, in der ich das Ding bedient, zerlegt, gereinigt und wieder zusammengesetzt habe, entsteine ich mühelos zwei Kilo Pflaumen mit der Hand. Auch der Apfel-Teiler (»teilt einen Apfel in 8 gleichmäßige Stücke, zusätzlich wird der Apfel entkernt, ergonomische Griffform, aus rostfreiem Edelstahl«) überzeugt mich nicht. Was ist mit Schälen? Ach ja, richtig, dafür gibt's den Apfel-Schäler (»schält mühelos jeden Apfel in wenigen Sekunden, schält papierdünn und bewahrt somit viele Vitamine, einfach Reinigung unter dem Wasserhahn«).

Da bevorzuge ich doch den Spiral-Schneider, der aus Rettich, Karotten oder Kartoffeln meterlange, milimeterdünne Spaghetti schneidet, was zwar total sinnlos ist, aber wenigstens lustig aussieht. Oder den Zwiebelhacker, der unter einer Plastikhaube die Zwiebeln zerkleinert, ohne dass einem die Wimperntusche verläuft und die Finger hinterher stinken. Wirklich klasse ist übrigens der Spargel-Schäler: Fünf Pfund Spargel sind in zehn Minuten geschält – das nenne ich technische Revolution!

Aber brauche ich tatsächlich einen elektrischen Cocktail-Mixer, wenn ich mit Ein-paar-Mal-Schütteln das gleiche Ergebnis erzielen kann? Oder einen Dampfdruckfensterreiniger, der – wie Michaela mir verbittert berichtet – Streifen auf dem Glas macht und zu schweren Verbrühungen führt? Warum brauche ich einen Eiswürfelbereiter, wenn ich eben so gut eine Plastikschale mit Wasser füllen und ins Tiefkühlfach stellen kann? Und was bringt mir ein Folien-Einschweißgerät, das die Lebensmittel beim Einschweißen bis zur Unkenntlichkeit zerquetscht?

Als ich den Eierkocher-Karton öffnete, war übrigens gar kein Eierkocher drin, sondern leckere Pralinen und ein Buch. Sieht so aus, als würde ich ohne Messbecher mit Garstufen-Skalierung und Kabelaufwicklung im Boden weiterleben müssen. Ich werd's verschmerzen.

Menschen wie du und ich

Die meisten Menschen wären gerne berühmt. Deswegen machen sie auch merkwürdige Sachen: Lassen sich im Fernsehen zu ihren sexuellen Vorlieben befragen oder monatelang in einen Container sperren, singen bei öffentlichen Veranstaltungen oder schicken ihre Fotos an Model- oder Casting-Agenturen. Die meisten von ihnen bleiben, was sie sind, nämlich nicht berühmt. Das liegt daran, dass sie kein Talent haben. Oder Talent haben, sich aber nicht gut verkaufen können Oder dass es zu viele andere Menschen mit dem gleichen Talent gibt. Berühmt zu werden ist schwer, und es passiert oft Leuten, die es gar nicht vorhatten, während es denen, die es unbedingt wollen, nicht gelingt.

Weil das so ist, faszinieren uns berühmte Personen. Sie haben etwas geschafft, das die meisten nie schaffen werden. Und deshalb glauben wir, dass berühmte Menschen besondere Menschen wären. Dabei kommt es komischerweise kaum darauf an, womit jemand berühmt geworden ist. Ich wette, in Deutschland ist zum Beispiel der Entdecker des AIDS-Virus, dessen Leistung für die Menschheit zweifellos von Bedeutung ist, längst nicht so bekannt wie ein gewisser Stefan Raab, dessen Verdienst darin besteht, Zoten im Fernsehen zu erzählen. Oder fragen Sie mal herum, wie viele ihrer Bekannten den Mann kennen, der als Erster den Mond betreten hat, und wie viele den Münchner Boutiquen-Besitzer mit den lila Haaren und dem kleinen Hund.

Es ist ein weit verbreiteter Irrtum, zu glauben, jeder der berühmt ist, sei auch interessant. Man erliegt leicht der Illusion, die Äußerungen bekannter Persönlichkeiten hätten mehr Bedeutung als das, was ein Unbekannter zu sagen hat. Deshalb werden Prominente auch gerne in Umfragen zu Dingen befragt, von denen sie nichts verstehen, was beim Publikum den Eindruck verstärkt, sie müssten bedeutend sein – würden sie sonst gefragt werden? Prominenz wird so zum selbsterhaltenden System; anders gesagt: Wer oft genug in den Medien ist, gilt als berühmt. Wer als berühmt gilt, kommt in die Medien. Und plötzlich interessiert sich das Publikum tatsächlich dafür, was jemand am liebsten isst, wo er Urlaub macht und welche Inschrift er sich auf seinem Grabstein wünscht – Fragen, die uns nicht die Bohne kümmern würden, wenn es sich um unseren Nachbarn oder die Verkäuferin im Zeitungsladen gegenüber handeln würde.

Die Leute, die selbst gerne berühmt wären, es aber nicht sind, legen es oft darauf an, berühmten Leuten möglichst nahe zu kommen, in der Hoffnung, dass etwas Glanz auf sie abstrahlt. Auch mit dieser Prominenz aus zweiter Hand kann man es zu was bringen im Leben, wie zahlreiche Beispiele zeigen. Ein Verhältnis mit einem bekannten Schauspieler, ein Baby von einem Container-Bewohner, eine Ehe mit einem berühmten Tennis-Star – schon halten die Leute so jemanden für prominent, und weil sie das tun, beginnt der – oder diejenige selbst, sich für bedeutend zu halten.

Es gibt Leute, die ein Vermögen dafür ausgeben, Prominenten hinterherzureisen, um sich mit ihnen zusammen fotografieren zu lassen. Andere pflegen von berühmten Zeitgenossen so zu sprechen, als hätten sie mindestens mit ihnen im Laufstall gesessen, während sie in Wahrheit nur mal an einem Haus vorbeigefahren sind, wo der Berühmte angeblich mal gewohnt haben soll.

Das Bedürfnis, andere zu bewundern, steckt in allen Menschen. Deshalb suchen wir uns Stars, die wir aus der Ferne anhimmeln, und deren Leben wir uns so aufregend ausmalen können, wie unser eigenes nie sein wird. Wir statten diese Idole mit Eigenschaften aus, die wir selbst nicht besitzen, und bewundern sie genau dafür: Dass sie *nicht* so sind wie wir. Dass sie in einer Welt leben, zu der wir keinen Zutritt haben. Kleider tragen, die wir uns niemals leisten könnten. Häuser bewohnen, die wir uns in unseren kühnsten Phantasien nicht vorstellen können. Wir bewundern unsere Stars, weil sie *etwas ganz Besonderes* sind.

Und dann machen sie uns immer wieder einen Strich durch die Rechnung: Werden bei Sauf-Exzessen beobachtet. Prügeln ihre Frauen. Verlassen ihre Männer und Kinder. Drücken sich mit eindeutigen Absichten in Besenkammern herum. Schwängern Frauen, mit denen sie nicht verheiratet sind. Kurz: Benehmen sich wie Krethi und Plethi, also wie du und ich.

Einerseits finden wir das empörend, denn Stars sollen schließlich Vorbilder sein, Menschen, an denen wir uns orientieren können. Andererseits können wir uns einer gewissen Genugtuung nicht erwehren, denn wenn unsere Stars so sind wie wir, dann besteht ja die Chance, dass auch wir es noch zum Star bringen!

Eines der letzten Abenteuer: Aupairmädchen im Haus

Man kann Glück haben mit Aupairmädchen. Bei dem Unfall, den Monika gebaut hat, entstanden nur vierzigtausend Euro Schaden, und unsere Kinder haben ihn überlebt.

Aber auch sonst war Monika bezaubernd. Immer gut gelaunt, auch wenn sie nach durchzechter Disco-Nacht nur zwei Stunden geschlafen hatte. So beliebt bei ihren Freundinnen, dass das Telefon bei uns nicht mehr still stand. So gutmütig, dass die Kinder bis Mitternacht im Haus herumtanzten, wenn wir nicht da waren.

Wir trauern Monika sehr nach.

Ihre Nachfolgerin reiste an, erkundigte sich, wo bei uns im Dorf die nächste Kunstgalerie und das Internetcafé seien, und ob sie wirklich morgens mit uns aufstehen müsse. Ihr Gesicht sah ständig aus, als habe sie gerade in eine Zitrone gebissen. Sie war ungefähr so schnell wie eine Weinbergschnecke auf Valium; jegliche Bitte um Mithilfe im Haushalt führte zu einem Totalausfall des Bewegungsapparates. Unsere Kinder betrachtete sie mit einem Blick, als wären sie lästiges Ungeziefer, das aus Versehen ins Haus geraten ist.

Am dritten Tag brachte ich das Mädchen zum Zug.

Einige Wochen später zog Rita bei uns ein. Ich war begeistert von ihren guten Deutschkenntnissen, bis ich merkte, dass sie zwar zu allem »Ja, ja« sagte, aber kein Wort verstand. Sie verbrachte ihre Freizeit unter der Dusche; unser Wasserverbrauch stieg in der Zeit ihres Aufenthaltes um ein Drittel. Den Rest des Tages saß sie in ihrem Zimmer und schrieb Briefe, wenn ich sie bat, mit Paulina zu spielen, stellte sie sich so begriffsstutzig an, dass Paulina erklärte, Rita sei ihr zu blöd. Ich konnte ihr nicht ernsthaft widersprechen.

Wenn ich fortan das Haus verlassen musste, brachte ich die Kinder bei Freunden oder Verwandten unter, um das Aupairmädchen nicht beim Duschen stören zu müssen. Nur ins Bett gingen die Kinder bei ihr widerspruchslos; ich vermute, um sie nicht mehr sehen zu müssen.

Auch unsere Zeit mit Rita ging bald zu Ende, und ich fragte mich allmählich, ob es an uns lag, dass der schöne »Aupair«-Gedanke (»von gleich zu gleich«) sich in der Praxis als so wenig erfolgreich erwies. Ich interviewte einige Freundinnen mit einschlägiger Erfahrung.

So erfuhr ich von Martine aus Frankreich, die morgens nur zum Aufstehen zu bewegen war, wenn die Gastmutter ihr das Frühstück ans Bett servierte, aber bitte nicht vor neun Uhr. Oder von Gitte aus Dänemark, die sich nach drei Tagen den Fuß brach, vier Wochen von ihrer Gastmutter gepflegt wurde und danach spurlos verschwand, nicht ohne eine Telefonrechnung von tausend Euro zu hinterlassen. Gut fand ich auch die Geschichte von Natascha aus der Ukraine, die nachts heimlich ausging und die ihr anvertrauten Kinder, darunter ein Baby, sich selbst überließ. Oder die von Lydia, die zwei Monate nach ihrer Ankunft im vierten Monat schwanger war. Oder die von

Kristina, die statt in den Sprachkurs zum Putzen ging. Schließlich wunderte ich mich auch nicht mehr über die Geschichte von Tatjana, die mit einem Porsche zum Vorstellungsgespräch kam, in dem ein wenig Vertrauen erweckender Herr mit Tätowierung und Goldkettchen auf sie wartete.

Gehen wir mal davon aus, dass es sich hier um Einzelfälle handelt. Aber auch im Normalfall muss man sich doch fragen, ob man von einem Aupair nicht ein bisschen mehr verlangen kann, als dass das Haus noch steht und die Kinder nicht verhungert sind, wenn man nach Hause kommt. Was erwarten diese Mädchen eigentlich von ihrem Aufenthalt?

In den Prospekten der Vermittlungsagenturen ist viel die Rede vom Kulturaustausch, vom Kennenlernen von Land und Leuten. Jana, eine von Monikas tschechischen Freundinnen, hat es so ausgedrückt: »Wir haben ein Jahr Zeit, um einen deutschen Mann zu finden, der uns heiratet.«

Ich neige inzwischen zu der Ansicht, dass es nicht an uns liegt, wenn's nicht klappt. Bleibt die Frage, wie es nun im Hause Fried weitergeht. Eine Möglichkeit ist, dass ich meinen Beruf aufgebe. Keine Talkshow mehr, keine Kolumnen mehr, keine Bücher mehr. Auch ins Kino muss ich ja nicht mehr gehen, oder nur noch dann, wenn mein Mann den Babysitter macht. Wenn Freunde uns sehen wollen, müssen sie eben zu uns aufs Land kommen. Und meinen monatlichen Frisörbesuch in der Stadt kriege ich in den Vormittagsstunden unter, wenn die Kinder in der Schule sind.

Hat ja auch 'ne Menge Vorteile, k e i n Aupairmädchen zu haben. Keine langen Haare im Waschbecken, keine überhöhten Wasserrechnungen, keine blockierten Telefonleitungen, keine Totalschäden am Auto.

Aber Monika fehlt uns wirklich. Man *kann* nämlich Glück haben mit Aupairmädchen In den letzten Ferien hat sie uns besucht. Als sie nach einer Woche wieder abfuhr, haben wir alle geheult.

Die Macht der Mode

Ich hatte es mir geschworen: Nie wieder würde ich Schlaghosen tragen, nie wieder gebatikte T-Shirts und enge Rollis aus Rippenstrick. Die Mode meiner Jugend war mir im Nachhinein immer als die scheußlichste aller Zeiten erschienen; nicht umsonst galten die 70er-Jahre lange Zeit als Supergau des Designs. Man erinnere sich nur an die orange-braunen Vorhänge, an Reispapierlampen und Flokati-Teppiche … schüttel!

Und nun sind sie alle wieder da, die überwunden geglaubten Katastrophen aus Mode und Inneneinrichtung. Lange habe ich mich gewehrt, ich schwör's! Aber je mehr psychedelisch gemusterte Kleidchen, pinkfarbene und apfelgrüne Tops und ausgestellte Hosenbeine mir über den Weg liefen, desto mehr wurde mein Widerstand aufgeweicht, bis er sich schließlich auflöste wie ein Haschischkeks im Jasmintee (auch zwei Modeerscheinungen meiner Jugend …).

Und das Komische ist: Mein Widerwillen hat sich nicht in Resignation gewandelt, sondern in Euphorie! Das Zeug gefällt mir plötzlich wieder, und ich begreife einfach nicht, warum. Werden sentimentale Erinnerungen wach? Fühle ich mich verjüngt, wenn ich einen dieser diagonal gestreiften knielangen Röcke mit hohen Stiefeln trage, weil ich so einen ähnlichen bei meiner ersten richtigen Party anhatte? Kaufe ich meiner Tochter ein gebatiktes Teil nach dem anderen, weil ich wehmütig daran zurückdenke, wie ich in der zehnten Klasse alle meine T-Shirts mit der Schnur-Batik-Technik gefärbt habe?

Überhaupt, die Farben! Seit ungefähr fünfzehn Jahren habe ich keine andere Farbe mehr getragen als schwarz, grau, selten mal beige oder dunkelblau. Farbige Klamotten fand ich peinlich, spießig, muttchenhaft. Ich hätte mit jedermann um mein Vermögen gewettet, dass sich daran mein Leben lang nichts mehr ändern würde – ich und ein rosafarbenes T-Shirt? Niemals!

Nun ja, wenn Sie einen Blick in meinen Schrank werfen könnten, würden Sie sehen, dass ich mein Vermögen leichtfertig verspielt hätte. Neben rosafarbenen finden sich dort T-Shirts in lila, froschgrün, pink, orange und sogar in meiner früheren Hassfarbe babyblau. Manchmal erschrecke ich morgens selbst, wenn ich dieser Color-Orgie ansichtig werde, aber im nächsten Moment freue ich mich an den fröhlichen Farben und kann mir kaum vorstellen, mich beim nächsten Modewechsel wieder in tristes Schwarz-Grau zu hüllen.

Vielleicht funktioniert die Mode so ähnlich wie das Fernsehen: Wenn man jemanden oft genug in der Glotze sieht, denkt man irgendwann, er wäre bedeutend. Wenn man in jedem Laden die gleichen Sachen sieht, denkt man irgendwann, sie wären schön. Und so kleiden wir uns irgendwann alle so, wie es uns die Mode vorschreibt.

Die Macht der Mode hat uns aber nicht nur bei den Klamotten im Griff, sondern beeinflusst unseren Geschmack auf allen Gebieten. Ich gestehe an dieser Stelle, dass ich tatsächlich wieder eine Reispapierlampe gekauft habe.

Und lange mit einem styroporgefüllten Sitzsack geliebäugelt habe. Nur für den Flokati konnte ich mich bislang noch nicht erwärmen; schon früher habe ich mich vor den unhygienischen Dreckfängern gegraust.

Der Höhepunkt meiner sentimentalen Zeitreise in die 70er war kürzlich der Besuch eines Konzertes von »Jethro Tull«. Die Jüngeren unter Ihnen werden die Gruppe nicht kennen, sie stammt ja auch – von heute aus betrachtet – ungefähr aus der Steinzeit. Für mich aber schnurrten an diesem Abend achtundzwanzig Jahre zu einem Nichts zusammen; war es nicht erst vorgestern gewesen, dass ich den Klängen von »Aqualung« und »Thick as a brick« gelauscht habe, bei meinem allerersten Rockkonzert? Was hatte ich damals an? Eine Jeans mit Schlag natürlich, und ein buntes T-Shirt mit dreiviertellangen, ausgestellten Ärmeln. So ziemlich das Gleiche trug ich neulich.

As time goes by? Von wegen! As time comes back.

Bei dieser Gelegenheit könnte man gleich mal einen Blick auf die kommende Mode werfen, damit wir wissen, was auf uns zu kommt: Schwarz-weiße geometrische Muster, Safari-Look, gepolsterte Schultern – pfui Teufel, den ganzen hässlichen 80er-Jahre-Plunder wollen die uns wieder schmackhaft machen? Nicht mit mir, ich schwöre es. Schulterpolster kommen mir nicht mehr ins Haus, da würde ich glatt mein Vermögen verwetten!

Mein Schweinehund und ich

Es gibt eine Gestalt aus der Literatur, die mir immer sehr sympathisch war: Oblomow, der herzensgute aber stinkfaule Gutsbesitzerssohn, der sein Leben mehr oder weniger im Bett verbringt und sich auf diese Weise vor allem drückt, was anstrengend oder schwierig werden könnte. Ich geb's ja ungern zu, aber irgendwie fühle ich mich Oblomow seelenverwandt.

Am allerliebsten liege ich bequem herum, lese ein gutes Buch und esse was Leckeres dazu. Leider komme ich nicht besonders oft dazu, weil ich so viel zu tun habe, dass an Faulenzen nicht zu denken ist. Aber ich schwöre Ihnen: Wenn ich könnte, dann würde ich faulenzen, dass die Schwarte kracht. Tagelang, wochenlang …

Ich werde meistens ausgelacht, wenn ich behaupte, ich sei faul, weil ich ja tatsächlich wahnsinnig viel mache. Vieles davon mache ich aber nur, weil ich mich für meine Faulheit geniere und nicht will, dass andere sie bemerken. Es handelt sich um eine Art kompensatorischen Fleiß aus Verlegenheit. Und kaum jemand ahnt, was ich alles *nicht* mache, obwohl es ganz dringend gemacht werden müsste!

Seit Monaten ist zum Beispiel der Boden meines Arbeitszimmers mit Büchern und Papierstapeln bedeckt, die ich sortieren und ausmisten müsste. Weil ich dazu viel zu faul bin, nehme ich ständig Aufträge für Artikel, Moderationen oder sonstige Jobs an. Da herrscht Termindruck, da gibt's kein Entkommen, das muss ich machen. Die Bücherstapel machen keinen Termindruck, die liegen nur dumm rum, und ich kann sie genauso gut liegen lassen.

Seit bald acht Jahren habe ich es nicht mehr geschafft, die hunderttausend Fotos ins Album zu kleben, die bei Kindergeburtstagen, an Weihnachten und im Sommerurlaub geschossen worden sind. Die Kinder werden größer, mein schlechtes Gewissen auch, aber umpfff! – allein die Vorstellung, tagelang einzukleben, zu beschriften, Negative zu sortieren, Abzüge zu bestellen – da schreibe ich doch lieber wieder ein Buch!

Auch die überquellenden Schränke, der voll gestopfte Abstellkeller, die Koffer voller ausrangierter Kinderkleidung – sie alle schreien danach, ausgemistet und aufgeräumt zu werden, aber beim schieren Gedanken daran überfällt mich eine grässliche, oblomowsche Lähmung, und ich muss mich erst mal ein bisschen aufs Sofa legen und darüber nachdenken, wie ich diesen verhassten Tätigkeiten entkommen kann, ohne dass es so aussieht, als wäre ich faul.

Vor ein paar Dingen kann man sich ja leider schwer drücken, obwohl ich einige Mühe aufwende, es doch hinzukriegen. Das morgendliche Aufstehen zum Beispiel ist für einen fröhlichen Nachtmenschen wie mich der blanke Horror. Seit das neue Schuljahr begonnen hat, klingelt der Wecker noch eine dreiviertel Stunde früher als bisher, weil Leos Schulweg weiter ist. Tja, dachte ich mir, das Beste ist wohl, ich gehe auf eine längere Lesereise, dann muss mein Mann morgens mit den Kindern aufstehen, während ich faul und gemütlich in meinem Hotelzimmer liege und ausschlafe. Ich hoffe nur, er kommt mir nicht auf die Schliche!

Das Schlimme ist ja, dass man heutzutage nicht mal mehr in seiner Freizeit in Ruhe abhängen kann, weil ständig erwartet wird, dass man aktiv ist. Man soll Sport treiben, sich mit Freunden treffen, das kulturelle Angebot seines Wohnortes nutzen, pädagogisch wertvolle Spiele mit seinen Kindern machen, sich weiterbilden, die Natur genießen – ja, wann zum Teufel kann man denn mal n i c h t s tun? Einfach rumsitzen und Löcher in die Luft starren?

Man muss das Faulsein nämlich auch üben, sonst verlernt man es. Mein Problem ist inzwischen, dass ich es kaum noch aushalte, untätig zu sein. Dass ich unruhig werde und mir überlege, was ich tun könnte, wenn ich mal nichts zu tun habe. Und dann kann es sogar passieren, dass ich aus lauter Angst vor Leerlauf Schränke ausmiste und Fotos einklebe. Mein innerer Schweinehund ist schon ganz beleidigt, weil es auf ihn so wirkt, als würde es mich kaum Mühe kosten, ihn zu überwinden. Irrtum! Ich bin eine verhinderte Faulenzerin, eine, die wahnsinnig gerne nichts tun würde, wenn sie es nur könnte. Oblomow hilf!

Es kann so furchtbar viel passieren

Ich mache mir ständig Sorgen. Man könnte sagen, ich sei die Weltmeisterin im Sich-Sorgen-machen. Wenn meine Tochter sich auf dem Heimweg von der Schule fünf Minuten verspätet, sehe ich sie in den Händen von Verbrechern. Wenn mein Sohn über Kopfschmerzen klagt, vermute ich eine Hirnhautentzündung. Wenn mein Mann zu spät nach Hause kommt, befürchte ich einen tödlichen Unfall.

Schon Wochen vor einem Freiluftkonzert mache ich mir Sorgen, ob das Wetter schön sein wird. Wenn ich Gäste erwarte, frage ich mich in schlaflosen Nächten, womit ich sie bekochen könnte, damit ich ihren Geschmack treffe. Bei jedem Geschenk, das ich mache, erfüllt mich die Sorge, es könnte das falsche sein.

Lange ist mir diese Eigenschaft, mir immerzu Sorgen zu machen, gar nicht aufgefallen. Ich hielt mich für eine vorausschauend planende und fürsorgliche Mutter, wenn ich zu jedem Ausflug mit den Kindern einen Koffer voller Kleidung zum Wechseln und die komplette Hausapotheke mitschleppte. Schließlich kann man nie wissen, ob nicht ein Gewitter kommt, das zu rapider Abkühlung der Luft von dreißig auf zehn Grad führt. Ebenso wenig kann man sicher sein, ob die Kinder sich nicht einen Schlangenbiss zuziehen oder von der Schaukel fallen. Ich wollte für alle Eventualitäten gerüstet sein.

Mein Mann zeigte sich ziemlich irritiert angesichts meiner vorausschauenden Planungen, genau genommen hielt er mich für vollständig übergeschnappt, was er aus Rücksichtnahme aber nicht laut sagte. Jedenfalls nicht zu mir.

Erst als ich beobachtete, dass andere Familien auf ihren Ausflügen deutlich weniger Gepäck mitschleppten und es tatsächlich Mütter zu geben schien, die ohne Notfallkoffer das Haus verließen, kam ich ins Grübeln. Ich grübelte darüber nach, ob *ich* verrückt war oder die anderen Mütter, und entschied mich für die zweite Möglichkeit.

Das Merkwürdige ist, dass die Dinge, die ich befürchte, ganz oft eintreten. Im Winter zum Beispiel sorge ich mich ständig, meine Kinder könnten ihre Mützen, Handschuhe und Schals irgendwo liegen lassen, und gebe dieser Befürchtung ungefähr fünfmal am Tag lautstark Ausdruck. Was soll ich Ihnen sagen? Sie verlieren täglich mindestens eines dieser Kleidungsstücke. Natürlich befürchte ich daraufhin, dass sie krank werden könnten – und sie werden krank. Es scheint fast so, als würde ich mit meinen Befürchtungen heraufbeschwören, was ich verhindern möchte. Als ich diesen Zusammenhang erkannte, kam ich erneut ins Grübeln.

Es handele sich hierbei um eine »sich selbst erfüllende Prophezeiung«, klärte mich eine Freundin auf. Ich solle mal einen Selbstversuch durchführen und mir vor einer Autofahrt wahlweise »Ich werde problemlos eine Parklücke finden« oder »Sicher finde ich wieder keinen Parkplatz« vorsagen. Dann würde ich sehen, wie stark die Situation von meiner Erwartungshaltung geprägt würde. Ich habe das ein paarmal gemacht. Die Wahrheit ist: Ich habe nicht schneller eine Parklücke gefunden, wenn ich mich positiv eingestimmt hatte. Aber die Zeit des Suchens erschien mir kürzer.

Ich frage mich, ob es nicht eine enorme Energieverschwendung ist, sich immerzu auszumalen, was alles passieren könnte, da erfahrungsgemäß die meisten Katastrophen doch ausbleiben. Ich habe ja ohnehin keinen Einfluss auf das Geschehen, ob ich mir nun Sorgen mache oder nicht.

Neulich lernte ich bei einer Veranstaltung zum Thema »Kinder und Karriere« eine junge Frau kennen, die mit knapp dreißig bereits eine eigene Firma aufgebaut und wieder verkauft hatte und heute einen hoch dotierten Posten in einem aufstrebenden Unternehmen bekleidet. Sie wurde gefragt, was sie denn um Gottes willen machen würde, wenn zum Beispiel mal ihre beiden Kinder gleichzeitig Mumps bekämen. Erst schwieg sie verblüfft, dann lachte sie und sagte: »Wissen Sie, darüber mache ich mir dann Sorgen, wenn beide Kinder gleichzeitig Mumps haben!«

Ich habe beschlossen, mir ein Beispiel an ihr zu nehmen. Bei meinem Glück werden meine Kinder vermutlich nächste Woche gleichzeitig an Mumps erkranken. Eigentlich könnte ich mir darüber jetzt schon mal ein paar Sorgen machen …

Heiraten – oder lieber doch nicht?

Heiraten muss ja was Tolles sein, sonst hätten die Schwulen nicht jahrelang darum gekämpft, es auch zu dürfen. Ich bin schon gespannt auf die ersten Statistiken, wie haltbar die »Homo-Ehen« sind. Die Hetero-Ehen geben ja nicht allzu viel Anlass zu Optimismus; jede dritte geht auseinander, viele schon in den ersten paar Jahren. Aber warum sollen Schwule nicht die gleiche Chance kriegen zu scheitern, wie alle anderen?

Wer heutzutage heiratet, muss ein Romantiker sein. Oder verrückt. Oder sich ziemlich große Illusionen machen über das, was auf ihn zukommt. Vielleicht hilft es ja, wenn man sich mal genauer ansieht, was für und was gegen eine Eheschließung spricht.

Beginnen wir mit den Nachteilen:

- Hochzeiten sind teuer
- Scheidungen auch
- verheiratete Paare haben weniger Sex als unverheiratete
- Verheiratete sind zwar gesünder und leben länger – leider trifft das aber nur auf Männer zu!

- man kann nie mehr alleine entscheiden, was man im Fernsehen anschauen will
- Verheiratet-Sein macht irgendwie älter
- man wacht den Rest seines Lebens neben demselben Kerl auf – und der wird auch nicht jünger
- man muss sich morgens um die Zeitung streiten
- man heiratet nicht den Mann allein, sondern eine ganze Familie
- wollten wir nicht alles anders machen als unsere Eltern?
- man darf nicht mehr auf Single-Partys
- die nervende Verwandschaft: »Und? Wann kriegt ihr endlich ein Kind???«
- auch andere Mütter haben schöne Söhne

Ist nach dieser Aufzählung immer noch jemand der Ansicht, heiraten sei was Tolles? Ja? Sie da drüben? Also gut, seien wir ehrlich: Die Ehe hat auch Vorteile.

Das Gute am Heiraten ist, dass man:

- allen zeigen kann, dass man einen abgekriegt hat
- eine tolle Party feiern kann
- einen guten Grund hat, sich ein sündteures Kleid zu kaufen
- Oma eine Freude macht
- endlich mal im Mittelpunkt steht
- sich all die Haushaltsgeräte schenken lassen kann, die einem noch fehlen
- einen Extra-Urlaub rausschlagen kann (Hochzeitsreise!)

- im Hotel Rabatte für »Honeymooner« kriegt und im Flugzeug Champagner umsonst
- keinen Sonnenbrand am Rücken mehr bekommt
- endlich »mein Mann« sagen kann
- bei Einladungen nicht mehr der einzige Single unter lauter Ehepaaren ist
- nicht mehr ständig von der besten Freundin verkuppelt wird
- nicht mehr auf »Fisch sucht Fahrrad«-Partys gehen muss

Ich war in diesem Jahr zu drei Hochzeiten eingeladen. Zweimal dachte ich beim Anblick der Frischvermählten: Wenn ihr wüsstet, wie schnell sich die Euphorie des Anfangs verflüchtigt, wie schnell aus dem Besonderen das Alltägliche wird, und wie mühsam dieser Alltag sein kann, besonders wenn Kinder ins Spiel kommen! Wenn ihr wüsstet, wie viel Liebe, Geduld und Humor man gelegentlich braucht, um nicht einfach alles hinzuschmeißen und sein Glück mit dem nächsten Partner zu versuchen!

Beim dritten Hochzeitspaar war es anders. Da war ich ziemlich sicher, dass sie es hinkriegen würden. Kein Wunder, die Brautleute waren kurz vor dem Rentenalter und lebten bereits seit dreißig Jahren zusammen. Wenn das alle so machen würden, gäbe es deutlich weniger Scheidungen, und zumindest die Statistik wäre auf einen Schlag in Ordnung!

Ich selbst habe mit meinem Mann letztes Jahr den zwölften Hochzeitstag gefeiert, und es gibt niemanden, den das mehr überrascht hat als mich. Wenn Sie versprechen, dass Sie es nicht weitersagen, dann verrate ich Ihnen jetzt, warum mein Mann so wichtig für mich ist:

Ganz einfach, ich kann unseren Videorekorder nicht allein programmieren!

Ach ja, und noch was: Ich liebe ihn (meinen Mann, nicht den Videorekorder). Und das ist ja vielleicht auch der einzig vernünftige Grund, zu heiraten.

Was Männer und Schimpansen gemeinsam haben

Früher hielt ich ein Sixpack für eine Sechserpackung Bierdosen. Seit ich zum ersten Mal eine Männerzeitschrift gelesen habe, weiß ich es besser. Männerzeitschrift?, werden Sie fragen, gibt's denn sowas überhaupt? Allerdings gibt's sowas, und da uns Frauen ja brennend interessiert, wie Männer eigentlich ticken, habe ich das Blatt gründlich gelesen. Ich muss sagen, ich habe eine Menge interessanter Dinge gelernt.

So zum Beispiel, warum Männer im Haushalt nicht mithelfen. Liegt an den Genen!

Angeblich ist es angeboren, sich vor ungeliebten Aufgaben zu drücken. Begründung: Schimpansen machen schließlich auch keinen Handschlag zu viel. Ernsthaft!

Oder warum Männer nach dem Sex immer gleich einschlafen. Ganz einfach: Das Hormon Oxytocin ist schuld. Das wird beim Orgasmus ausgeschüttet und ist der gleiche Stoff, der Babys nach dem Stillen einschlummern lässt. Schon komisch allerdings, dass das Zeug nur bei Männern wirkt, obwohl es auch die Frauen ausschütten.

Oder warum Männer zwar sagen: »Ich schau dir in die Augen, Kleines«, uns in Wahrheit aber in den Ausschnitt glotzen. Wieder sind's die Gene! Die vorgewölbte Brust signalisiert so etwas wie »Greif zu, Junge!«, und weil man erfahrungsgemäß eine geknallt kriegt, wenn man diese Aufforderung wörtlich nimmt, starren die Kerle halt sehnsüchtig hin.

Und dass Männer gerne mit dicken Autos protzen, daran sind sowieso wir Frauen schuld, weil Status angeblich eines der drei Hauptkriterien für die Partnerwahl ist.

Da haben wir's mal wieder: Mann ist Mann, und schuld sind die Frauen.

Interessant auch ein Artikel unter der Überschrift »Wie Sie Ihre Süße noch schärfer machen«. Aha, denke ich erfreut, da macht sich endlich mal jemand die Mühe und erklärt den Männern, was Frauen mögen. Weit gefehlt. Der geneigte Leser erfährt auf sechs Seiten, warum Dessous sexy sind: »Eine ansprechende Verpackung wirkt auf uns (Männer) nun einmal um einiges reizvoller als eine Frau gewordene Fleischauslage.« Ah ja.

Und dann erfahre ich noch, dass Länge tatsächlich zählt. Allerdings nur bei der Lebenserwartung. Mit leichter Verbitterung wird konstatiert, dass Frauen eine um vier Jahre höhere Lebenserwartung haben, und den Männern deshalb 119 Formel-Eins-Rennen, 4284 Bundesligaspiele, 2562 Liter Bier und 1456 sexuelle Höhepunkte entgehen.

Nicht, dass das alles nicht ganz vergnüglich zu lesen gewesen wäre, aber irgendwann fragte ich mich doch, was dreißig Jahre Frauenbewegung, Gleichstellungsgesetze und sämtliche Schwüre, endlich die Gleichberechtigung von Mann und Frau anzuerkennen, gebracht haben. Sind Männer, die solche Blätter machen und lesen, eine Minderheit, die sich beleidigt in den Schmollwinkel ihrer Macho-Herrlichkeit zurückgezogen haben, weil es ihnen einfach zu anstrengend ist, von ihren schönen Klischees und Vorurteilen zu lassen? Oder ist diese Zeitschrift die gesellschaftliche Antwort auf eine Frauenbewegung, die allzu lange den Spaß und die Sinnlichkeit vernachlässigt, ja verteufelt hat?

Natürlich verlaufen die Fronten heute nicht mehr so klar wie früher, deshalb konnte das legendäre Fernsehduell zwischen Alice Schwarzer und Verona Feldbusch nur gründlich schiefgehen. Nicht jede Frau, die ihren Körper selbstbewusst einsetzt, ist automatisch eine Verräterin der Frauenbewegung. Und nicht jede Frau, die weite Wallegewänder trägt, ist automatisch eine gute Feministin. Es ist nicht frauenfeindlich, eine Frau erotisch zu finden, schließlich ist es auch nicht männerfeindlich, einen Mann sexy zu finden.

Aber so viel geballten Schwachsinn wie in diesem Magazin erwartet man einfach nicht mehr im 21. Jahrhundert. Der Unterschied zu früher ist nur, dass wir Frauen uns darüber nicht mehr frauenbewegt aufregen müssen, sondern einfach herzhaft lachen können, so nach dem Motto: Jungs, wenn ihr euch zum Affen machen wollt, bitte schön! Aber wenn ihr schon so viel dummes Zeug von euch gebt, dann achtet doch bitte darauf, dass ihr dabei wenigstens gut ausseht.

Ach ja, ich wollte Ihnen ja noch verraten, was ein Sixpack ist: Das sind die sechs Muskelstränge, die sich bei einem durchtrainierten Männerbauch unter der Haut abzeichnen ... Eigentlich können einem die Kerle Leid tun. Wir sollten ihnen zum Trost ein EMMA-Abonnement schenken.

Wunderheilungen

Schon erstaunlich, was alternative Heilmethoden so alles bewirken können. Neulich zum Beispiel erzählte mir jemand von einem Mann, der jahrelang unter schwersten Koliken gelitten hat. Ein einziger Besuch beim Augendiagnostiker – schon war ein Darmpilz als Ursache erkannt. Oder die Frau mit den chronischen Kopfschmerzen: Ein Shooting beim Aurafotografen – eine vereiterte Zahnwurzel war der Übeltäter. Am meisten beeindruckt hat mich die Schilderung eines Freundes, der jahrelang unter Migräne gelitten hat. Seine Homöopathin verabreichte ihm drei Zuckerkügelchen, und von diesem Tag an war er beschwerdefrei.

Auch ich leide unter Migräne. Leider hat bei mir bisher nichts geholfen. Keine Mundakupunktur, keine harnsäurefreie Diät, keine Kügelchen. Und glauben Sie nicht, ich hätte das nicht alles ausprobiert!

Die Mundakupunktur, zum Beispiel. Da bohrt einem der Arzt Nadeln in die allerempfindlichsten Stellen des Zahnfleisches, und je mehr es schmerzt, desto zufriedener ist er, weil das angeblich zeigt, dass er die richtigen Punkte getroffen hat. Ganz abgesehen davon, dass man eine Maulsperre kriegt, weil man den Mund so lange offen halten muss – meine Migräne hat sich von dieser Gegenschmerz-Attacke unbeeindruckt gezeigt. Auch das sofortige Verspeisen mehrerer Äpfel beim Beginn des Kopfschmerzes und der völlige Verzicht auf Fleisch, von einem Heilpraktiker dringend empfohlen, blieben wirkungslos.

Natürlich habe auch ich einen Augendiagnostiker aufgesucht, der minuziös die Krankengeschichte meiner Vorfahren väterlicherseits über drei Generationen aus meiner Iris lesen, die Ursache meiner Krankheit aber leider nicht ergründen konnte. (Mangels Überlebender konnte ich die Richtigkeit seiner Behauptungen meine Ahnen betreffend übrigens nicht nachprüfen.)

Ich versuchte es mit Biofeedback, Meditation und Verhaltenstherapie, denn nach der Lektüre der Bücher eines gewissen Herrn D. war ich zu der Einsicht gelangt, dass ich für meine Krankheit selbst verantwortlich bin. Wer Migräne hat, gehört zu diesen ehrgeizigen, verspannten Typen, die nicht loslassen können, und darf sich deswegen nicht wundern. Wer Probleme mit der Haut hat, leidet laut Herrn D. übrigens an Kontaktstörungen, und wem der Bauch schmerzt, der hat ein Problem, das ihm offenbar auf den Magen schlägt.

Endlich war es gelüftet, das Geheimnis der Krankheit, und so einfach war die Lösung: Glückliche Menschen sind nicht krank, und wer nicht glücklich ist, ist selbst schuld!

Meine Migräne schien diesen offensichtlichen Zusammenhang zwischen Körper und Seele nicht zu kennen, oder sie ignorierte ihn böswillig. Sie kam, wenn ich bester Stimmung war und mich auf eine Party freute (zu der ich dann nicht gehen konnte, weil ich im abgedunkelten Zimmer das Bett hüten musste). Und sie kam nicht, wenn ich mit Liebeskummer oder sonstigem Weltschmerz darniederlag und froh über die Migräne gewesen wäre, weil sie mir einen Vorwand geliefert hätte, im Bett zu bleiben.

Sie kam in der Schwangerschaft, obwohl mir von heilkundiger Seite versichert worden war, dass sie dann nicht mehr kommen würde, sie kommt bei Hitze und Kälte, bei Anstrengung und Ruhe, bei Stress und Entspannung – kurz, meine Migräne weigert sich standhaft, sich lehrbuchgerecht zu verhalten. Und sie widersteht tapfer allen Therapieversuchen.

Die Berichte über spontane Heilungen lassen mich inzwischen kalt. Ich schreibe mir nicht mehr all die Adressen und Telefonnummern von genialen Gurus und Heilkundigen auf, die bei der Freundin einer Freundin eines Freundes, der leider inzwischen unbekannt verzogen ist, angeblich Wunder vollbracht hat. Ich hoffe nicht mehr darauf, dass auch mir mal so ein Wunder passiert. Ich habe mich mit Aktien von Pharmaunternehmen eingedeckt und verlasse mich auf die Segnungen der Chemie. Mein Mann behauptet, wenn ich mal das Zeitliche segne, müsste man mich auf der Sondermülldeponie entsorgen, wegen der vielen Giftstoffe in meinem Körper. Aber das Wichtigste: Seit ich aufgehört habe, mich schuldig zu fühlen, weil ich zu diesen ehrgeizigen und verspannten Typen gehöre, die nicht loslassen können, geht's mir schon viel besser!

Was die Landkarte von Wisconsin und gefrorener Käsekuchen mit den Wechseljahren zu tun haben

Älterwerden erfordert eine Menge Humor und ist bekanntlich nichts für Waschlappen, so viel ist bekannt. Für zart besaitete Gemüter gibt's ja auch diese besänftigenden Euphemismen, die aus Alten »Senioren« machen und aus ergrauenden Kerlen »Männer in den besten Jahren«; Frauen im Klimakterium befinden sich natürlich wunderbarerweise »in der Mitte des Lebens« – das klingt ja nun wirklich nicht nach Hitzewallungen und Depressionen!

Auch ich nähere mich unaufhaltsam der viel versprechenden Lebensmitte, konnte diese Tatsache seit meinem vierzigsten Geburtstag aber erfolgreich verdrängen. Nun erhielt ich den Brief einer Freundin aus Amerika, und ich kann nur sagen: Thank you, honey, you made my day! Genau weiß ich immer noch nicht, ob ich lachen oder weinen soll. Vielleicht können Sie mir's ja nach der Lektüre sagen.

Liebe Amelie,
Lebensmitte ist, wenn die Haare an unseren Beinen langsamer wachsen. Das gibt uns 'ne Menge Zeit, uns um den kleinen Schnurrbart zu kümmern, der uns neuerdings wächst. Lebens-

mitte ist, wenn du nackt vor dem Spiegel stehst und deinen Hintern sehen kannst, ohne dich umzudrehen. Wenn dir während der Mammographie klar wird, das dies das einzige Mal sein wird, dass dich jemand bittet, oben ohne im Film zu erscheinen. Wenn du am liebsten jedes dieser jungen Dinger im knallengen Top anschreien würdest: »Hör zu, Kleines, sogar das römische Reich ist untergegangen, und den beiden hier wird es genau so gehen!« In der Lebensmitte weißt du, dass das Leben kurvig verläuft, und dass du gerade auf der größten von allen sitzt. Du schaust den pampigen, besserwisserischen Teenager vor dir an und denkst: »Und wegen dir habe ich Schwangerschaftsstreifen!« Deine Beine sehen aus wie eine akkurat gezeichnete Karte von Wisconsin: Lauter rote und blaue Linien. Die Zeit der ärmellosen Oberteile ist endgültig vorbei – ab der Lebensmitte spricht man bei Frauen nicht mehr von »Oberarmen«, sondern von »Flügelspannweite«. Nun wendest du dich den »großen« Fragen zu. Was ist das Leben? Warum bin ich hier? Wie viel »Du darfst«-Aufstrich darf ich essen?

Hier schreibe ich dir einen Diätplan auf, der dir helfen soll, mit dem Stress fertig zu werden, der sich im Laufe eines Tages aufbaut. Ich habe die besten Erfahrungen damit gemacht:

Frühstück: 1 Grapefruit, 1 Scheibe Vollkorn-Toast, 1 Tasse Magermilch

Mittagessen: 1 kleine Portion mageres, gedämpftes Huhn mit einer Tasse Spinat, 1 Tasse Kräutertee, 1 Trüffel-Praline.

Nachmittagstee: Die restliche Packung Trüffel-Pralinen, eine Großpackung Eiskrem mit Schokoladen-Chips.

Abendessen: 4 Gläser Wein (rot oder weiß), 2 Baguettes mit Knoblauchbutter, 1 große Pizza mit allem, 3 Schokoriegel mit Nüssen.

Mitternachtsimbiss: Einen ganzen Käsekuchen, direkt aus dem Eisfach gegessen.

Denk daran:
»Stressed« (gestresst) rückwärts gelesen
heisst »Desserts«!

Viele Grüße,
Deine Debbie

Vorbei die schöne Illusion, die Wechseljahre seien – wie alle sonstigen Katastrophen – etwas, das nur andere betrifft. Schon beäuge ich misstrauisch meine Oberarme und kneife vorsichtig die Haut an Kinn und Hals. Zupfmassagen sollen sich straffend auswirken, habe ich irgendwo gelesen. War es neulich wirklich so warm, oder hatte ich schon die erste Hitzewallung? Ausgerechnet ich, die sonst immer friert? Vielleicht sollte ich allmählich mit der Einnahme dieses Wunderhormons beginnen, dem Iris Berben ihr fantastisches Aussehen zu verdanken hat? DEAH oder DHEA oder wie das Zeug heißt.

Auf jeden Fall werde ich ein paar Großpackungen Eis, Pizza und Käsekuchen einkaufen. Das kann bestimmt nicht schaden.

Hierbleiber und Wegfahrer

Stellen Sie sich vor, Sie stehen mitten in Tokio, haben die Adresse vom Hotel verloren und sprechen kein Wort Japanisch. Nicht mal die Schilder können Sie lesen.

Für manche Leute ist es das Schönste: Irgendwo verloren zu gehen, an einem Ort, wo sie keiner kennt und sie keinen kennen, wo sie ganz auf sich, ihre Aufmerksamkeit und Beobachtungsgabe zurückgeworfen sind. Wo sie nicht wissen, ob das, was sie gerade essen, Hund oder Schlange ist, und wo sie die kommende Nacht verbringen werden.

Für mich ist sowas der Horror. Ich bin am liebsten an Orten, wo ich mich auskenne, am liebsten zusammen mit Menschen, die ich kenne. Schlange oder Hund will ich auch nicht essen.

Natürlich bin ich in meinem Leben auch gereist, aber ich kehre ausgesprochen gern an vertraute Orte zurück. Wo immer ich hinkam, habe ich mir die Frage gestellt, ob es vorstellbar wäre, dort zu leben. Ich habe mich eigentlich nie als Reisende begriffen, die Orte aufsucht und wieder hinter sich lässt, sondern war immer auf der Suche nach einem Platz, der ein Zuhause sein könnte.

In mir tobt ein heftiger Widerstreit, denn einerseits bin ich neugierig, andererseits ängstlich. Ich würde gerne die ganze Welt bereisen, aber am liebsten wär's mir, ich wäre schon mal da gewesen. Von meinem Wesen her bin ich ein Hierbleiber, also jemand, der am liebsten gar nicht wegfährt, oder höchstens dahin, wo er sich auch zu Hause fühlt. Wahrscheinlich wäre ich der ideale Kandidat für Ferien im Wohnwagen – man ist woanders, und doch irgendwie zu Hause. Grässlich. Spießig. Peinlich. Aber was soll ich tun? Ich gehöre zu den Unbehausten, die immer und überall Heimat herstellen wollen, weil die Fremde ihnen unheimlich ist.

Ich bewundere die Wegfahrer, diese Leute, die einfach ins Ungewisse hinein fahren und darauf vertrauen, dass schon alles gut gehen wird. Die mit einem winzigen Rucksack wochenlang unterwegs sein können, weil sich schon irgendwo eine Waschmaschine, ein warmer Pullover oder Ersatzschuhe finden werden, wenn man sie benötigt. Ich schleppe immer alles mit, Klamotten für jede Wetterlage, Medikamente für jede denkbare Krankheit – Sie können sich leicht vorstellen, wie weit ich mit meinen zwei Schrankkoffern komme …

Natürlich habe ich mich schon gefragt, wovor ich eigentlich Angst habe. Ein Spaziergang zum Krämerladen meines Dorfes kann, wenn's beim Überqueren der Straße dumm läuft, mein letzter gewesen sein, während es durchaus möglich ist, dass mir auf einer dreimonatigen Weltreise kein Haar gekrümmt wird. Die Angst vor der Fremde ist irrational, und vermutlich wird sie immer größer, je mehr man die Fremde meidet.

Ich habe deshalb beschlossen, eine Reise zu machen. Eine weite Reise, zusammen mit meinem Mann. Seit wir Kinder haben (also seit fast 12 Jahren) war die Vorstellung zu reisen etwas Wunderbares für mich – vermutlich weil ich wusste, dass es nicht ging.

Indien, Thailand, Mexiko, Brasilien – es schien unzählige Orte zu geben, wo ich gerne hinfahren wollte. Jetzt, da die Möglichkeit in greifbare Nähe rückt, bin ich außerstande, zu entscheiden, wohin ich eigentlich will, und warum.

Wie das Karnickel vor der Schlange sitze ich vor einem Stapel Reiseführer und frage mich, warum ich überhaupt wegfahren soll, wo es doch zu Hause so schön gemütlich und ungefährlich ist, während ich in anderen Ländern Gefahr laufe, mein Nachtlager mit Kakerlaken teilen zu müssen oder meiner Habseligkeiten beraubt zu werden.

Indien? Thailand? Mexico? Brasilien? Ist sicher überall interessant, aber woher soll ich wissen, welches das richtige Reiseziel für mich ist? Wir könnten doch auch einfach nach Italien oder Spanien fahren, da war ich schon, da kenne ich mich aus, und die Sprache verstehe ich auch!

Wenn man sich eh nicht entscheiden kann, wohin man fahren will, kann man doch ebenso gut zu Hause bleiben. Spart 'ne Menge Geld, Zeit und Nerven. Aber andererseits: Ich kann doch nicht den Rest meines Lebens hier bleiben, und dann sterbe ich irgendwann und habe kaum was gesehen von der Welt. Wäre auch schade, irgendwie.

Was ist es, das wir auf Reisen suchen? Das Fremde, das Exotische, das Andere? Oder eigentlich doch nur uns selbst? Müssen wir uns einmal ohne Stadtplan und Hoteladresse in Tokio verirrt haben, um uns selbst zu finden?

Wenn ich es herausgefunden habe, sage ich es Ihnen.

Hotel-Horror

Die meisten Menschen lieben schöne Hotels. Das Problem ist nur: Die meisten Hotels sind nicht schön. Und wenn doch, sind sie sauteuer. Also landet man oft in den nicht so schönen Hotels. Und wenn man in so einem angekommen ist, die Plastikkarte ins Schloss gesteckt, den braunen Teppichboden betreten, einen Blick ins grau-beige geflieste Bad und auf das mit Holzimitat eingefasste Bett geworfen hat, dann möchte man eigentlich nur eines: ganz schnell nach Hause. Leider geht das nicht, weil man ja an dem Ort, in dem das Hotel steht, was Dringendes zu tun hat. Also bekämpft man den Ich-will-nach-Hause-Reflex, packt seinen Koffer aus, hängt die Kleider in den Schrank, stellt den Wecker auf den Nachttisch und deponiert den Kulturbeutel im Bad. Dabei sagt man sich die ganze Zeit, dass es wahrhaftig Schlimmeres gibt als ein hässliches Hotelzimmer. Obdachlos zu sein, zum Beispiel. Oder auf der Flucht vor feindlichen Soldaten. Oder ganz schlimm krank.

Dann fragt man sich, ob auch andere Leute unter hässlichen Hotelzimmern leiden, oder ob nur man selbst so ein überempfindlicher Pingel ist. Man stellt sich unglückseligerweise vor, wer schon alles in diesem Zimmer, in diesem Bett genächtigt hat, und genau in dem Moment, in dem man das Bad betritt, sieht man es: DAS HAAR. Mit leichtem Würgen im Hals sieht man sich weiter um, und mit hoher Wahrscheinlichkeit entdeckt man ein zweites, ein drittes Haar.

Man rupft also ein paar Kleenex aus dem Kleenex-Spender und sammelt die Haare angeekelt auf, um sie anschließend im Klo wegzuspülen. Oder man ruft empört die Rezeption an und verlangt eine Reinigungskraft, die sofort, und wenn man sagt sofort, dann meint man sofort, das Badezimmer putzt. Oder man fügt sich ins Unvermeidliche, ignoriert die Haare und beschließt, dieses Hotel nie mehr aufzusuchen. Das Erschütternde ist übrigens, dass man DAS HAAR in jedem Badezimmer findet, auch in den Badezimmern teurer Hotels. Führen Sie mich in irgendein Hotelbadezimmer dieser Welt, und ich zeige Ihnen DAS HAAR. Hundertprozentig.

Was mich in Hotels außerdem zur Raserei treibt, sind Radiowecker. Immer gehen sie um 5 Uhr 30 los, weil der letzte Hotelgast diese Zeit eingestellt und man selbst vergessen hat, das Scheißding abzustellen. Man fährt also aus dem Tiefschlaf, sucht verzweifelt nach dem Knopf zum Abschalten, findet ihn nicht, will den Stecker rausziehen und hält schließlich ein abgerissenes Kabelende in der Hand.

Ein weiterer Quell des Verdrusses in Hotelzimmern sind die Klimaanlagen. Meistens kapiert man gar nicht, wie sie funktionieren. Und wenn sie funktionieren, sind sie so laut, dass man kein Auge zu macht. Die schlimmste Nacht meines Lebens habe ich in einem Hotelzimmer der Luxusklasse verbracht, in dem die Klimaanlage nicht mal im Februar eine Raumtemperatur unter dreißig Grad zustande brachte. Die Übernachtung kostete trotzdem

250 Euro, womit ich nahtlos beim Thema »Wucher« angekommen bin.

Hotels sind Orte, an denen grundsätzlich alles teurer ist als anderswo. Das Bier aus der Minibar kostet drei Euro, statt wie in der Kneipe, ein Euro fünfzig. Eine Telefoneinheit kostet fünfmal so viel wie zu Hause, und am teuersten ist das Frühstück. Selbst, wenn Sie nur ein halbes Marmeladebrötchen und eine Tasse schwarzen Kaffees zu sich nehmen, sind Sie zwischen fünfzehn und fünfundzwanzig Euro los, je nach Hotelkategorie. Und wehe, Sie wagen es, Sonderwünsche anzumelden, zum Beispiel, dass sie das Brötchen gleichzeitig mit dem Spiegelei möchten, und nicht erst, wenn das Ei kalt ist. Dann kriegen Sie einen Vermerk auf ihrer Anmeldung: »SchwG«, schwieriger Gast

Ich könnte Ihnen noch von klemmenden Rollläden erzählen, von Hotelfernsehern ohne Ton, von brühheißen Duschen, undichten Duschkabinen, fehlenden Klobürsten, Kleiderbügeln ohne Haken und anderen Ärgernissen. Aber man soll nicht undankbar sein. Kürzlich war DAS HAAR immerhin knallrot und lang. Und so konnte ich mir wenigstens vorstellen, Nicole Kidman hätte vor mir in diesem Bett geschlafen.

Über den Moment

»Genieße den Augenblick!«, befehlen uns die Lebensratgeber, oder, drastischer noch: »Memento mori – Bedenke, dass du sterblich bist«.

Und so bemühen wir uns redlich, den Augenblick zu genießen, auch wenn der wieder mal nur darin besteht, angebrannte Milch vom Herd zu kratzen. Am Beispiel der Milch kann man sehen, wie verdammt kurz so ein Augenblick ist: Man zwinkert nur mal, und schon schäumt sie hoch, schwappt über und richtet diese ärgerliche Sauerei an, deren Entfernung deutlich mehr als einen Augenblick in Anspruch nimmt.

Natürlich zielen die Ratgeber mit ihrer Mahnung insbesonders auf die schönen Momente. Wir sollen sie wahrnehmen und genießen und uns am besten noch lange an sie erinnern. Leider kommen sie oft ungelegen, und dann haben wir nicht die rechte Muße, uns an ihnen zu erfreuen. Ein verträumter Blick aus dem Fenster, wir sehen unerwartet einen Maikäfer, vielleicht den letzten seiner Art – ein schöner Moment. Wenn das Fenster allerdings zum Konferenzzimmer gehört und der Chef gerade die schlechten Absatz-, Auflagen- oder Einschaltzahlen rügt, ist unsere Genussfähigkeit leider eingeschränkt.

Die Gegenwart wahrzunehmen und zu genießen ist auch deshalb so schwierig, weil es sie eigentlich nicht gibt. Noch während wir das Wort »Gegenwart« aussprechen oder hinschreiben, ist sie bereits Vergangenheit geworden. Vielleicht fällt es uns deshalb so schwer, im Augenblick zu leben. Die Zeit rast, und wir rasen mit ihr.

Je länger wir auf der Welt sind, desto größer wird unser Vorrat an Vergangenheit. In jedem Moment werden wir an unendlich viele Momente unserer Vergangenheit erinnert. Es wird immer schwieriger, etwas zu erleben, das wirklich neu für uns ist und deshalb unsere ungeteilte Aufmerksamkeit findet. Man kennt das von alten Menschen, denen alles Neue nur noch dazu dient, auf Früheres zu verweisen: Wenn wir Opa unsere rostfeste Gießkanne zeigen, erzählt er unter Garantie, wie er und seine Kameraden vor Stalingrad ihre Gewehrläufe poliert haben.

Bei Kindern, die ja erst über einen kleinen Vorrat an Vergangenheit verfügen, ist das anders.

Für sie ist jedes Erleben noch neu und aufregend, sie können völlig versinken in den Anblick eines Regenwurms oder die Abenteuer einer Kasperpuppe. Sie müssen sich nicht vornehmen, den Moment bewusst zu erleben – sie tun es einfach.

Und wir hängen irgendwo zwischen »Damals« und »Demnächst« und versuchen verzweifelt, das »Jetzt« zu fassen zu kriegen, diesen winzigen, kurzen Augenblick, dessen bewusstes Erleben uns von den Lebensratgebern als der Schlüssel zum Glück angepriesen wird.

»Doch wer den Augenblick ergreift, das ist der rechte Mann«, wusste schon Goethes Mephisto, und Faust nimmt sich vor: »Werd' ich zum Augenblicke sagen: Verweile doch, du bist so schön.«

Auch diesen Herren ist es nicht geglückt, die Zeit anzuhalten und dem Augenblick Dauer zu verleihen, und die hatten nicht mit der Mehrfachbelastung zu kämpfen, die den Alltag von uns Frauen heute so beschleunigt, dass frau froh ist, wenn sie sich bei diesem Tempo unterwegs nicht selbst aus den Augen verliert. Zwischen Kindern, Küche, Job und Sozialstress spielt sich unser Leben ab; es ist in den meisten Fällen reich an Erlebtem, aber auch ziemlich anstrengend.

Wenn dann ein Moment der Ruhe entsteht, wollen unsere Gedanken sich auch mal entfernen aus der Gegenwart, sich erholen bei einem Spaziergang in die Vergangenheit oder beim Ausmalen von Plänen für die Zukunft. Und so gehen sie dann hin, die Momente, die wir doch eigentlich bewusst wahrnehmen und genießen wollten, und wieder sind wir mit dem Kopf ganz woanders.

Vielleicht kann man die wichtigen Momente unseres Lebens ohnehin erst in der Rückschau ganz erfassen. Muss sie in Gedanken immer und immer wieder erleben, um sie wirklich fühlen und verarbeiten zu können. Wie oft habe ich an den Augenblick gedacht, als meine Kinder geboren wurden. An gewisse Momente mit einem geliebten Menschen. An Augenblicke des Glücks, der Erleichterung, der überschäumenden Freude. Aber auch an den Augenblick, als ich am Sarg meines Vaters stand. Manche Momente sind zu groß, sie überwältigen uns. Deshalb bleiben sie uns für ein ganzes Leben.

Praktisch, aber hässlich

Ich hasse den Euro. Ich habe ihn von Anfang an gehasst, und daran hat sich bis jetzt auch nichts geändert. Natürlich gibt es einen Haufen einleuchtender Argumente für den Euro, die unsere Politiker uns ja lange genug vorgebetet haben. Aber meiner Abneigung ist mit Argumenten nicht beizukommen. Kann ja sein, dass der Euro praktisch ist, aber Resopal ist auch praktisch und trotzdem hässlich. Für einen ästhetisch empfindenden Menschen ist das Euro-Geld eine Zumutung.

Allein der Name. Eine sterile Bürokraten-Kopfgeburt, leblos und kalt, die mein Sprachempfinden beleidigt. Soll ich vielleicht in meinem nächsten Buch schreiben: »Und der Bankräuber floh mit einer Beute von 100000 Euro?« Da dreht sich einem doch der Magen rum! »Haste mal 'nen Euro« klingt auch nicht gerade sehr ansprechend, zumal des Schnorrers Chancen deutlich sinken, wenn der Angeschnorrte plötzlich fast das Doppelte der gewohnten Mark rausrücken soll. Dafür jeden Monat der Schock, wenn auf dem Gehaltszettel nur noch die Hälfte steht. Auch wenn man's inzwischen kapiert hat, es sieht einfach nicht gut aus.

Eine Mark Taschengeld bekam ich in der ersten Klasse, dafür konnte man fünf Kugeln Eis oder zehn Brezen oder fünfzig Kirschlutscher oder zwanzig Cola-Gummis kaufen. Später trug ich für fünf Mark die Stunde Zeitungen aus, noch später erhielt ich zehn Mark die Stunde fürs Babysitten, und so habe ich mir meine erste eigene Stereoanlage verdient, die achthundert Mark gekostet hat, inklusive Lautsprecherboxen (die grässlich gescheppert haben). Es hängen so viele Erinnerungen an der Mark, deshalb musste ich in den Monaten vor der Euro-Umstellung auch jedes Mal fast heulen, wenn ich diese Werbespots im Fernsehen sah, wo verwackelte Super-Acht-Bilder von den Träumen erzählten, die wir uns mit der Mark erfüllt hatten. »Leb wohl, D-Mark, willkommen neue Träume«, sagte eine Stimme, und ich schluchzte gerührt vor mich hin.

Und nun trage ich seit über einem Jahr diese fremden Scheine und Münzen mit mir herum, fühle mich zu Hause wie im Ausland, ohne allerdings zu wissen, in welchem Land ich mich eigentlich befinde. Nun soll ich mich den Bewohnern der anderen Euro-Länder total nahe fühlen, weil wir doch jetzt die gleiche Währung haben, und an den Grenzen wird auch kaum noch kontrolliert, und deshalb haben wir uns jetzt alle ganz doll lieb.

Irgendwie merk' ich nix davon. Ich finde es einfach nur traurig, beim Reisen in diese Länder kein fremdes Geld mehr in die Hand zu bekommen. Das war doch ein Teil des Vergnügens, andere Geldscheine und Münzen zu verwenden; lächerlich kleine Lire-Scheine, schön kompakte Fünfhundert-Peseten-Münzen, österreichische Schilling-Stücke, die so herrlich altmodisch aussahen. Vorbei. Jetzt bezahlen wir mit Scheinen, die ebenso steril und künstlich aussehen wie der Name »Euro« klingt. Die auf mich wirken wie eine abstrakte Vorstellung von Geld, aber nicht wie »richtiges« Geld. Wir fühlen uns irgendwie unsicher und rechnen im Kopf immer noch heimlich in Mark um, weil wir sonst keine rechte Vorstellung von der Höhe der Summe haben.

Das Einzige, was wir gemerkt haben, ist, dass alles teurer geworden ist. Dass wir keine Lust haben, einzukaufen oder essen zu gehen, weil wir uns ständig betrogen fühlen, sogar dann, wenn die Preise gar nicht erhöht wurden.

Natürlich ist es sinnlos, der Mark nachzuweinen, und ich bin vermutlich rückständig und sentimental. Aber das ist mir schnuppe. Ich bin nun mal kein Wirtschaftsboss, kein Politiker und kein Währungsfachmann, und deshalb muss ich den Euro auch nicht toll finden. Schließlich hat mich keiner gefragt, ob ich ihn will. Wir alle leben inzwischen mit dem Euro, aber ob wir ihn irgendwann lieben werden, ist sehr die Frage. Ich habe mir jedenfalls fest vorgenommen, ihn weiter zu hassen.

Keine Zeit zum Träumen

Das Wesen der Zeit wird mir für immer ein Rätsel bleiben. Warum vergeht sie so quälend langsam, wenn man auf etwas wartet, beginnt aber zu rasen, wenn man sie am liebsten anhalten möchte? Angeblich ist die Zeit eine objektiv messbare Größe, aber mir kommt es wirklich so vor, als mache sich da jemand einen Spaß mit uns.

Ich stelle mir manchmal einen schelmischen Engel vor, der auf seiner Wolke sitzt und mit einer Art Gummiband spielt, und dieses Gummiband ist die Zeit. Mal dehnt der Engel das Band, dann lässt er es wieder zusammenschnurren, und er hat eine diebische Freude daran, unsere Verwirrung zu beobachten.

Eigenartig ist auch, dass die Zeit mit zunehmendem Lebensalter schneller zu vergehen scheint. Wenn man sich an die Kindheit zurückerinnert, waren die Sommer viel länger als heute, die Zeit bis Weihnachten erschien wie eine kleine Ewigkeit; bereits eine Woche kam einem schier endlos vor. Heute planen wir kurz nach Sylvester das erste Grillfest, und nach den großen Ferien beginnen wir mit den Weihnachtsvorbereitungen. Wochen und Monate vergehen wie im Fluge, zumindest in der Rückschau kommt es uns so vor.

Immerhin gibt es für dieses Phänomen eine einleuchtende Erklärung: Wer erst, sagen wir mal, vier Jahre auf der Welt ist, dem kommt ein Monat – gemessen an der bisher erlebten Zeit – natürlich viel länger vor als jemandem, der schon vierzig Jahre hinter sich hat. Zeiträume werden eben subjektiv wahrgenommen.

Das erklärt auch die Tatsache, warum es manche Menschen ihr ganzes Leben lang nicht schaffen, pünktlich zu einer Verabredung zu erscheinen. Sie haben kein Zeitgefühl und wundern sich allen Ernstes, dass sie zu einem Termin um fünf zu spät kommen, wenn sie um fünf das Haus verlassen. Es fehlt ihnen an der notwendigen Vorstellungskraft, die vergehende Zeit während der Fahrt und der Parkplatzsuche mit einzukalkulieren. Ich habe das lange für Böswilligkeit gehalten, inzwischen aber glaube ich, dass es Menschen mit einer »Zeitwahrnehmungsstörung« gibt, so wie es zum Beispiel auch Menschen gibt, die nicht in der Lage sind, das Autofahren zu erlernen. Sie haben eine »Raumwahrnehmungsstörung«, können also Entfernungen nicht richtig einschätzen. Wie sonst erklären sich die verzweifelten Versuche mancher Autofahrer, in eine Lücke einzuparken, die zwanzig Zentimeter kleiner ist als ihr Auto?

Wie fatal sich eine kombinierte »Zeit- und Raumwahrnehmungsstörung« auswirkt, kann man sich leicht vorstellen: Das sind die Leute, die immer zur falschen Zeit am falschen Ort sind, und man kann nur hoffen, ihnen nicht im Straßenverkehr zu begegnen!

Einer der folgenreichsten Irrtümer, dem wir Menschen unterliegen, ist die Vorstellung, man habe doch noch soooo viel Zeit, um all das in die Tat umzusetzen, wovon man träumt. Dabei vergisst man gerne, dass man ein Drittel seines aktiven Erwachsenenlebens mit Schlafen verbringt, ein weiteres Drittel mit Erwerbsarbeit, und auch das letzte Drittel ist schon gut gefüllt mit überlebensnotwendigen Tätigkeiten wie Einkaufen, Kochen, Essen, Abwaschen, Steuererklärungen machen, Geburtstagsgeschenke einkaufen, Schränke ausmisten und so weiter. Wann bitte, sollen wir unsere Träume ausleben? In den statistischen 0,5 Stunden, die uns schätzungsweise täglich bleiben?

Wir tun also gut daran, sparsam, ja geizig mit unserer Zeit umzugehen. Uns zum Beispiel nicht mit Leuten zu verabreden, die wir so spannend eigentlich nicht finden. Keine Bücher zu lesen, die uns nicht spätestens auf der dritten Seite gefangen nehmen. Keine blöden Fernseh-Shows anzusehen, die uns nur kostbare Zeit stehlen (gegen eine niveauvolle Talk-Show hie und da ist natürlich nichts einzuwenden!).

Auf jeden Fall sollten wir versuchen, keine Zeit mit Sachen zu verplempern, die uns traurig, unzufrieden, neidisch, nervös oder ärgerlich machen.

Ach Gott, Buddhist müsste man sein, oder sonstwie erleuchtet. Dann würde es einem vielleicht leichter fallen, diese guten Vorsätze in die Tat umzusetzen. Außerdem hätte man den Vorteil, an ein Weiterleben nach dem Tod oder gar an die Wiedergeburt zu glauben; das würde eine Menge zusätzlicher Zeit bedeuten! So bleibt uns nur, ein einigermaßen effizientes Zeitmanagement im Diesseits zu praktizieren. Man kann es natürlich auch halten wie manche Zeitgenossen, die einfach keine Uhr tragen und deshalb nie ein Zeitproblem haben.

Noch eine geheime Leidenschaft

Eigentlich fing alles ganz harmlos an. Wir waren gerade aufs Land gezogen, ich hatte ein kleines Kind und wenig Zeit. Wie dankbar war ich, als eines Tages ein dicker, bunter Katalog in der Post lag, der Babykleidung, Haushaltswaren, Küchengeräte und die aktuelle Damenmode anbot. Ein wenig scheu blätterte ich durch die Seiten, entdeckte hier etwas und da etwas, und eh ich michs versah, hatte ich das Bestellformular bis zur letzten Zeile ausgefüllt und weggefaxt.

Danach schämte ich mich schrecklich. Katalogware! Minderwertige Qualität, schlampige Verarbeitung, schlechter Geschmack – wie konnte ich nur! Als das Paket ankam, stellte ich allerdings keinen Unterschied zu den Sachen fest, die ich bisher im Laden gekauft hatte. Und was mir nicht gefiel oder passte, schickte ich einfach zurück – der Adressaufkleber lag schon dabei.

Wie durch ein Wunder wurden mir von nun an immer neue Kataloge zugeschickt. Ich erhielt Angebote für exklusive Gartengeräte, ökologische Möbel, Mode aus Naturgarnen, technische Erfindungen aus aller Welt, französisches Kristallglas, Geschenkideen, asiatische Lebensmittel und kosmetische Produkte. Alle Kataloge waren an mich persönlich adressiert und mit einem freundlichen

Anschreiben versehen: »Sehr geehrte Frau Fried, wir sind sicher, dass unser Angebot Sie begeistern wird …«

Na, und ob ich begeistert war! Ich kam aus dem Staunen darüber nicht mehr heraus, was man alles bestellen kann. Zum Beispiel beim Gartengeräteversand: Dort erhalten Sie Holzbretter zum Unter-die-Schuhe-Schnallen, mit denen Sie den frisch gesäten Rasen in Ihrem Garten festtreten können. Ist das nicht genial? Bei einem Versandhaus, das lange mit dem Slogan »Es gibt sie noch, die guten Dinge« warb, erhalten Sie Nagelhautdrücker mit Galalithgriff (Erläuterung aus dem Katalog: »Die stoffliche Grundlage des Galalith bildet die Kuhmilch, oder genauer: das daraus gewonnene Kasein«), Bohnerkratzer (»zur Säuberung der Borsten des Bohnerbesens«), ein Yanagiba-Sashimi-Messer aus der Yoshisada-Schmiede (ich vermute, zur Herstellung von Sushi oder falls Sie Harakiri begehen wollen), sowie Bier aus dem Trappistenkloster Orval (»Orval ist das bitterste unter den Trappistenbieren, die im Allgemeinen malzig sind«).

In einem anderen Katalog entdeckte ich »Duftschals« aus Lammwolle in perfekt abgestimmten Duftnoten für Damen (Orange, Ingwer, Zimt, Gewürznelke) und Herren (Zitrus, grüne Minze, Artemisia), sowie einen Reisewecker mit integriertem Bewegungs- und Rauchmelder. (»Eindringlinge oder Diebe werden mit einer ohrenbetäubenden 110-db-Sirene in die Flucht geschlagen«.) Beim selben Versender findet sich auch dieses unwiderstehliche Angebot: Der »Handytruster«, ein »Lügendetektor im Handyformat, dessen Technik für Geheimdienste entwickelt wurde. Ein Mikrofon nimmt die Stimme Ihres Gegenübers auf und analysiert Sprachfluss, Klang und Stimmlage. In 9 verschiedenen Stufen zeigt das übersichtliche Display an, wie sehr Ihr Gegenüber flunkert oder lügt«.

Wow! Die Wahrheit über den Liebsten für nur 99,95 Euro, das nenn' ich ein Schnäppchen! Ergänzend wird angeboten: »Die Sonnenbrille der Geheimagenten« (Katalogtext: »Während Sie scheinbar die Zeitung lesen, sehen Sie klar und deutlich, was hinter Ihrem Rücken passiert – und sind gefeit gegen Überraschungen aus dem Hinterhalt«).

Aber mein Lieblingskatalog ist und bleibt »Die moderne Hausfrau«. Im handlichen DIN A-5-Format bietet mir dieses Heft in unnachahmlicher Katalog-Prosa alles, wovon ich schon immer geträumt habe: den »Socken-Max« (»Was gestern noch Wunsch war, wird heute Wirklichkeit: Nie mehr einzelne Socken suchen – einfach die getragenen Socken durch die Öffnung des Socken-Max ziehen und ab damit in die Waschmaschine«), die »Handy-Liege« (»Wer weiß, wo mein Handy liegt? – Natürlich auf der Handy-Liege!«), oder das »Lotto-Glück«, eine Kugeltrommel im Mini-Format (»Nehmen Sie Ihr Schicksal selbst in die Hand! Sie drehen dazu einfach an der Kurbel, und schon fallen Ihre Glückszahlen in den Auffangbehälter«).

Ich ahnte ja nie, wie nah das Glück ist. Und wie günstig! Nur 11,66 Euro – wer da nicht zugreift, ist wirklich selbst schuld!

Was Staatsmänner mit Zweijährigen gemeinsam haben

Wer jemals beobachtet hat, wie unnachgiebig Kinder streiten können, der begreift sofort, warum sich Israelis und Palästinenser seit Jahren bekämpfen, wie es zum Bosnien-Krieg kommen konnte oder zur totalen Verhärtung der Fronten zwischen Amerika und den radikalen Islamisten.

Im Sandkasten beginnen bereits die Auseinandersetzungen um die größere Burg, den gelungeneren Sandkuchen oder das Vorrecht, den begehrten Bagger zu benutzen. Die Neigung zum Errichten von Abwehrwällen und eingegrenzten Territorien scheint den lieben Kleinen mit der Muttermilch eingeflößt worden zu sein. Und wer gegen die Vorstellungen seines Spielkameraden verstößt, muss sich auf drastische Vergeltungsmaßnahmen gefasst machen. Vom Schlag mit der Schaufel und dem Beschuss mit Sandbällen scheint es kein weiter Weg zu sein zum Angriff mit Bomben und Raketen. Und die Drohgebärden mancher Staatsmänner lassen einen unwillkürlich an kleine Jungen denken, die durch Furcht einflößendes Gebaren Eindruck beim Gegner schinden wollen.

Aber irgendwas müsste doch eigentlich passieren in der Zeit zwischen Sandkasten und Nadelstreifenanzug! Die Streitereien der Kindheit sollen doch eigentlich dazu dienen, Konfliktfähigkeit zu erlernen, Strategien zu erproben, um schließlich als Erwachsene zu friedlichen Lösungen zu kommen. So steht es zumindest in den pädagogischen Lehrbüchern, so würden wohl die meisten Eltern ihre Erziehungsziele beschreiben. Kaum jemand würde öffentlich Gewalt als Mittel der Erziehung oder Konfliktlösung propagieren, alle, alle sind wir für den Frieden – und schaffen es doch so oft nicht, ihn herzustellen oder zu erhalten.

Schon klar, warum soll etwas, das im Kleinen schon so schwierig ist, im Großen funktionieren? Warum sollen sich Nationen miteinander vertragen, wenn sich ihre Angehörigen untereinander fetzen, dass die Schwarte kracht?

Wir streiten mit dem Nachbarn wegen überhängender Zweige oder zu hoch gewachsener Hecken, wir schicken unseren Mitmietern wegen Lärmbelästigung die Polizei ins Haus, wir zanken uns um Parklücken und schlecht eingeschenkte Maßkrüge. Wir ziehen wegen jeder Kleinigkeit vor Gericht, denn wir wollen UNSER RECHT.

»Aber das ist mein Bagger!«, schreit schon der Zweijährige, womit er zwar formal gesehen im Recht ist, die Auseinandersetzung aber keineswegs verhindert, sondern im Gegenteil erst so richtig anheizt. Denn auch sein Kontrahent ist der Meinung, er habe das Recht, mit dem Bagger zu spielen, gerade w e i l er ihm nicht gehört, was ja für sich genommen schon eine Gemeinheit ist. Auf seinem wirklichen oder vermeintlichen Recht zu beharren ist der sicherste Weg, einen Konflikt eskalieren zu lassen, denn zur Natur eines Streites gehört, dass beide Parteien felsenfest davon überzeugt sind, im Recht zu sein.

Was also könnte helfen, dem Frieden eine Chance zu geben?

Im Grunde wissen wir es ja genau: Einfühlung in den Gegner, Abrücken vom eigenen Standpunkt, eine Riesenportion Großzügigkeit und Kompromissbereitschaft. Ach herrje. Klingt so, als stünde man kurz vor der Heiligsprechung. Denn eigentlich ist es ja nicht einzusehen, dass die blöden Blätter des Nachbarbaumes auf meinen schönen, gepflegten Rasen … Eben. Man muss einfach nur rausfinden, was einem wichtiger ist. Die Blätter auf dem Rasen oder das gute Einvernehmen mit dem Nachbarn. Die mühsam erkämpfte Parklücke oder ein Stück innerer Souveränität. Ein Stück Land oder der Frieden mit den Mitmenschen.

Man kann es jeden Tag ausprobieren: Bleibe ich stur auf der linken Spur, weil einer hinter mir mit der Lichthupe drängelt, oder lasse ich ihn lächelnd vorbeiziehen? Reagiere ich auf die Provokationen meiner Kinder mit Wut oder bleibe ich gelassen? Breche ich einen Streit über die Mülltüte vom Zaun oder lasse ich es einfach bleiben?

Wenn man's geschafft hat, souverän und großzügig zu reagieren, empfindet man übrigens ein herrliches Gefühl moralischer Überlegenheit. Und das ist mindestens so befriedigend, wie Recht behalten zu haben.

Sprachblüten

Also, ich krieg schlechte Laune, wenn ich mit »Hallöchen« begrüßt werde, jemand meine neuen Schuhe »wunderbärchen« findet und mir zum Abschied ein fröhliches »tschüsschen« oder (die Ost-Variante) »tschüssi« hinterherruft. Mag ja nett gemeint sein, aber sind wir denn im Kindergarten? Es wird kommuniziert, als seien wir allesamt zurückgebliebene Idioten, die sich nur noch mit teletubbie-artigen Sprechblasen und sprachlichen Playmobil-Steinchen verständigen können.

Alles ist »okay«, »supi« oder »geil« – egal, ob es um ein Popkonzert, einen Film, den neuen Job oder den neuen Nachbarn geht. Kinder sind »kids«, Ereignisse »events« und Besprechungen »meetings« – auch wenn es sich um ganz normale deutsche Rotznasen, das Jubiläum des Kleintierzüchterverbandes oder die tägliche Redaktionskonferenz handelt.

Echt »hip«, dieses »Neudeutsch«, wie es gerade von denen, die so reden, pseudokritisch genannt wird. Diese »challenge« müssen wir unbedingt annehmen, jetzt wo wir alle globalisiert sind und multikulturell denken, also hin und wieder beim Thailänder oder Inder essen, oder, um unsere Solidarität mit Israel zu zeigen, in einem koscheren Lokal.

Da fragt man sich natürlich, ob »Schalömchen« ein Beitrag zur Entspannung ist oder womöglich den Nahostkonflikt verschärft. Mit dem lateinischen »salve« fährt man da sicher besser. Aber um die Sprache zu verhunzen, muss man nicht unbedingt fremdsprachliche Wörter einbauen, es reicht, sich der gängigen deutschen Versatzstücke zu bedienen.

»Alles klar«, quäkt es nach jedem Telefonat aus dem Telefonhörer, auch wenn gar nichts klar ist, oder, besser noch: »Alles klärchen«. Von etwas älteren Semestern hört man schon mal, dass »alle Klarheiten beseitigt«, »alles unter Kontrolle«, oder »alles im grünen Bereich« sei. Das sind dieselben Betriebsnudeln, die einem beim Abschied unweigerlich »einen schönen Tag noch« wünschen und zu fortgeschrittener Stunde gerne feststellen, da und dort habe man schließlich »nicht die Lampe gehalten«.

Erstaunlich auch, wie viele Fehlleistungen in Radio und Fernsehen zu hören sind. Man möchte glauben, dass Menschen, deren berufliches Handwerkszeug die Sprache ist, ein Minimum an Sprachverständnis mitbringen. Aber offenbar reicht es heute, dass jemand seinen Namen buchstabieren und ein Mikrofon halten kann, um als medientauglich zu gelten. Da werden dann Themen aufs »Tablett« gebracht (statt aufs Tapet), da wird über die wirtschaftliche »Rezension« (statt Rezession) gejammert, und aus der »Identifikation« wird »Indentifikation« – und die auch noch häufig mit dem Begriff »Identifizierung« verwechselt.

Man hat das Gefühl, die Moderatoren werden dafür bezahlt, so wenige Wörter wie möglich zu verschwenden, was nicht heißt, dass sie sparsam mit Worten sind. Nein, es wird gelabert und geschwallt, dass es ein Graus ist, aber die Anzahl der verwendeten Wörter dürfte sich bei ein paar hundert eingependelt haben, sozusagen auf dem kleinsten gemeinsamen Verständnis-Nenner. Alles klar? Supi!

Liegt's daran, dass immer weniger Bücher gelesen werden? Dass statt Briefen nur noch E-Mails geschrieben werden, aufs Wesentliche reduziert und sprachlich vereinfacht bis zum Abwinken? Dass aus Kindern, die mit Comics, Fernsehen und Videospielen aufwachsen, infantile Erwachsene werden, die glauben, Bildung sei das, was bei »Wer wird Millionär« geraten wird? Die Sprache prägt das Denken, und wer auf dem Niveau von Beavis und Butthead kommuniziert, hat eben irgendwann auch nicht mehr im Kopf.

Kein Wunder, dass viele sich von Leuten beeindrucken lassen, die ihr Unvermögen hinter sprachlichem Bombast verstecken. Dass wir »deggressiv runtergefrostet werden«, soll nichts anderes heißen, als dass uns allmählich die Kohle gestrichen wird. Und wenn »kompetente Experten nach tragfähigen Lösungen suchen, die nicht nur einen selbstsalvierenden Effekt haben«, dann dürfen wir sicher sein, dass ratlose Leute in *meetings* sitzen und so lange über *problems* nachdenken, bis ein windelweicher Kompromiss rauskommt, der keinem wehtut.

Also dann, alles klar. Ich ruf dich an. Tschüsschen und bis bald. Wat mut, dat mut. Undeinenschönentagnoch.

Wa(h)re Schönheit

Dass kaum eine Frau mit ihrem Aussehen zufrieden ist (und auch viele Männer sich verbesserungsfähig finden), ist nichts Neues. Der Mensch strebt zwar nach Schönheit – aber meist verkörpert er sie nicht. Was also tun? Teure Cremes ins Gesicht, Strähnchen ins Haar, bis zur Erschöpfung ins Fitness-Studio und mit dem restlichen Geld in die Modeläden.

Alles schön und gut, aber war es das schon? Können wir tatsächlich nicht mehr tun, um jünger, schöner, schlanker, erotischer auszusehen? Aber natürlich können wir.

Jeden Tag sehen wir Fotos von Schlagersängerinnen und Schauspielerinnen, die plötzlich auf wundersame Weise Dekolletés produzieren, die auf dem Foto vom Vorjahr eindeutig nicht vorhanden waren. Halbe Fußbälle recken sich uns da entgegen, Busen, die allen physikalischen Gesetzen zum Trotz auch dann noch senkrecht stehen, wenn ihre Besitzerin längst liegt. Und wenn wir staunend nachfragen, wie dieses Wunderwerk möglich sei, kriegen wir zur Antwort: »Alles Natur!« Jennys neue Brüste sind wie des Kaisers neue Kleider. Jeder sieht, wie es in Wirklichkeit ist, aber keiner traut sich, das Offensichtliche laut auszusprechen.

In meiner Talk-Show war einmal eine bekannte Sängerin zu Gast. Um die beeindruckende Dauer ihrer Karriere zu betonen, zeigten wir Ausschnitte aus einer älteren Fernsehsendung, die mit einer Großaufnahme ihres Gesichtes endete. Es folgte eine Überblendung auf ihr Gesicht im Studio – und jedermann konnte sehen, dass ihre Lippen viel voller waren als früher. Ich fand das interessant und hätte gerne danach gefragt, wie aufgespritzte Lippen sich anfühlen, wie oft man es wiederholen muss und ob sie sich damit schöner findet. Ich habe mich nicht getraut. Und auch sonst traute sich keiner.

Was ist das für ein merkwürdiges kollektives Stillhalteabkommen, bei dem man sich gegenseitig belügt, obwohl es alle wissen? Warum erzählen uns geliftete Frauen, sie hätten gerade diese traumhaft erholsame Ayurveda-Kur gemacht und sähen deshalb so verjüngt aus? Warum machen uns bekannte Schauspieler, Politiker oder Wirtschaftsbosse weis, sie hätten mit fast sechzig noch kein graues Haar? Warum gibt niemand zu, dass »natürliches Aussehen« das Letzte ist, was wir wollen? »Natürlich« sehen wir aus, wenn wir morgens aus dem Bett steigen. Aber wir wollen g u t aussehen, sonst nichts.

Und dafür muss man eben was tun, der eine weniger, die andere mehr.

Eigentlich ist es auch kein Problem, über Verschönerungs-Tricks zu reden; man empfiehlt sich Kosmetikerinnen, Friseure oder Modeausstatter, tauscht Tipps aus über die beste Peeling-Creme, den schmeichelhaftesten BH oder die wirksamste Anti-Cellulite-Gymnastik. Auf Partys wird ungezwungen über Darmeinläufe beim Heilfasten und das Ziehen von Krampfadern gesprochen. Aber wenn jemand seine Tränensäcke entfernen und die

Lider hat straffen lassen, dann wird peinlich berührt darum herum geschwiegen.

Ich finde das absurd. Wenn eine Veränderung ohnehin für jedermann erkennbar ist, dann muss es doch möglich sein, darüber zu reden. Oder nach der Adresse des Chirurgen zu fragen …

Ich stelle es mir wunderbar vor, mich mit meinen Freundinnen darüber zu unterhalten, welcher Arzt die besten Busen macht, wer die schönsten Lippen spritzt und wo Hälse am nachhaltigsten gestrafft werden. Auf Partys zeigt man sich gegenseitig die fettabgesaugten Oberschenkel und vergleicht, wo die wenigsten Dellen geblieben sind. Ich erfahre, wer meine Bauchfalten am elegantesten einnäht und welche Säure meine Pigmentflecken am wirksamsten bleicht.

Das sind doch wertvolle Tipps, auf die ich mit zunehmendem Alter vielleicht nicht verzichten möchte! Und sollte ich mich je zu einem Eingriff entschließen, der vermutlich viel Geld kosten und Schmerzen verursachen wird – dann will ich mich doch hinterher nicht dafür schämen! Dann möchte ich stolz herumgehen und aller Welt zeigen, wie dellenfrei, gestrafft oder geglättet ich bin. Und will erzählen können, welche Zweifel und Ängste mich bewegt haben, ob es wehgetan hat, ob der Arzt nett war, wie lange es dauern wird, bis die Narben verschwunden sind, was mein Mann dazu gesagt hat und wie ich mich jetzt fühle. Wofür, zum Teufel, nehme ich das alles sonst auf mich?

Allerhand Ängste

Was man heutzutage neben einem heimlichen Verhältnis, hoch begabten Kindern und einem Feng-Shui-Berater unbedingt braucht, ist eine interessante Krankheit. Früher haben Migräne oder eine Allergie gereicht, um ein Partygespräch zu bestreiten. Heute muss man sich deutlich mehr Mühe geben, wenn man seine Mitmenschen beeindrucken will, denn Allergien hat inzwischen jeder; vom Hausstaub über die Katze, von Milchprodukten bis zu Weizen gibt es kaum noch etwas, worauf man nicht allergisch sein kann, das gehört sozusagen zur Grundausstattung des modernen Menschen. Wer heute Aufmerksamkeit erregen will, muss mindestens über eine ausgefallene Phobie verfügen – die liefert Stoff für eine ganze Party-Saison.

Eine Kolumne wie diese soll ja auch Service-Charakter haben, ich werde Ihnen deshalb im Folgenden eine Reihe ausgefallener Phobien vorschlagen, die Sie interessant erscheinen lassen und Ihr Leben erleichtern können:

Mit der **Alliumphobie**, der Angst vor Knoblauch, sind Sie partytechnisch gesehen immer gut beraten, weil alle dankbar sind, wenn jemand nicht nach der beliebten Knolle riecht. Sie müssen aber aufpassen, dass man Sie nicht der Fremdenfeindlichkeit verdächtigt, da Knoblauch als Symbol für die mediterranen Völker und ihre Küche gilt.

Keinen günstigen Effekt dürften Unterhaltungen über die **Ablutophobie** (Angst vor Waschen/Baden) auf die anderen Party-Gäste haben, außer es gelingt Ihnen, den Verdacht auf Ihre Hauptkonkurrentin zu lenken.

Hilfreicher ist da schon die **Amaxophobie**, die Angst vor dem Führen eines Fahrzeugs; Sie können einen der netten Herren auf der Party bitten, Sie später nach Hause zu bringen, vorausgesetzt, Sie leiden nicht unter **Androphobie**, der Angst vor Männern, oder unter **Aphephosmophobie**, der Angst vor Berührungen. Ungünstig wäre auch die **Medecophobie**, die Angst, eine Erektion an der Ausbeulung seiner Hose zu erkennen. Den Mut zum Handeln verleiht Ihnen vielleicht die **Anuptaphobie**, die Angst, alleinstehend zu bleiben.

Wenn Ihr Begleiter noch mit in die Wohnung kommt, sollte diese entweder aufgeräumt sein oder der junge Mann frei von **Ataxophobie**, der Angst vor Unordnung. Sollte es zwischen Ihnen zu Annäherungen kommen, können wir nur hoffen, dass weder Sie noch er unter **Dishabiliophobie** (der Angst, sich vor jemandem auszuziehen) leidet, oder gar unter **Coitophobie**, der Angst vor Geschlechtsverkehr.

Das gemeinsame Frühstück muss wohl geplant sein, falls einer von Ihnen unter **Dipsophobie**, der Angst vor Trinken leidet, oder gar unter **Arachibutyrophobie**, der Angst, dass Erdnussbutter am Gaumen kleben bleibt.

Wenn Sie nach dieser Nacht zu spät ins Büro kommen, haben Sie übrigens hier die passende Ausrede: Sie leiden unter **Chronometrophobie**, der Angst vor Uhren.

Das Tolle ist, dass es für alle Ängste, die man auch bisher schon kannte, einen gelehrt klingenden Fachausdruck gibt, den Sie zukünftig im Gespräch verwenden können:

Die Angst vor dem Zahnarzt heißt **Dentistophobie**, Ihre ständige Furcht vor Gewichtszunahme können Sie als **Obesophobie** bezeichnen. Die simple Angst vor Mäusen klingt viel besser, wenn sie **Murophobie** heißt, und die Sorge von Männern, im Bett zu versagen, trägt den eindrucksvollen Namen **Medomalacophobie**.

Ein paar Ängste allerdings gibt es, die sind so ausgefallen, dass sie damit sozusagen die S-Klasse der Phobien bilden: Die **Plutophobie** zum Beispiel, die Angst vor Reichtum. Oder die **Paraskavedekatriaphobie**, die Angst vor Freitag dem 13. Spannend ist auch die **Oktophobie**, die Angst vor 8-förmigen Gegenständen, die **Kyphophobie**, die Angst, sich zu bücken, die **Alektorophobie**, die Angst vor Hühnern oder die **Pluviophobie**, die Angst, durch Regen nass zu werden. Es gibt die Angst vor dem Mond (**Selenophobie**), die Angst vor Zügen, Zugreisen und Schienen (**Siderodromophobie**), und die **Taphephobie** (die Angst, lebendig begraben zu werden).

Natürlich gibt es auch die Angst vor allem, die **Panphobie**, und schließlich die Angst vor der Angst, die **Phobophobie**. Und wenn Sie jetzt Angst haben, ich könnte Sie auf den Arm genommen und all die schönen Phobien erfunden haben, dann gehen Sie doch einfach ins Internet und sehen Sie selbst: www. surfertreff.de/psycho/phobienliste.html. Viel Spaß!

(Nach dem Abdruck dieser Kolumne im JOURNAL FÜR DIE FRAU haben sich einige Leserinnen gemeldet, die unter Phobien leiden. Ich möchte an dieser Stelle ausdrücklich darauf hinweisen, dass dieser Text satirisch gemeint ist, dass ich die angegebene Website für Satire halte, und dass ich selbstverständlich niemanden verletzen möchte, der wirklich krank ist.)

Seien Sie doch einfach selbstbewusst!

Es ist schon ungerecht. Da hat man eh schon Probleme mit dem Selbstbewusstsein, und dann kann man keine Frauenzeitschrift aufschlagen und keinen Buchladen betreten, ohne mit der Information versorgt zu werden, dass selbstbewusste Frauen es leichter haben im Leben.

Eine Umfrage der Soziologinnen Benard und Schlaffer hat ergeben, dass sich 93% aller Frauen mehr Selbstsicherheit wünschen – vor: Liebe, Mutterschaft, Geborgenheit. Wenn Frauen es schaffen, sich selbstsicher zu fühlen und selbstbewusst aufzutreten, folgen alle anderen guten Dinge fast von selbst. Vor allem die Liebe: Die Frauen mit dem größten Erfolg in Liebesdingen sind die mit dem selbstsicheren Auftreten.

Schöne Bescherung. Da fühlt man sich schon so mickrig, dass man unter der Teppichkante spazieren gehen könnte, und dann kriegt man auch noch reingedrückt, dass man einfach nur selbstsicher sein muss, um erfolgreich und glücklich zu werden. Das ist genau so, wie wenn einem jemand sagt, reiche Leute hätten eben mehr Geld. Oder schöne Menschen würden einfach besser aussehen. Da hab ich was davon, wenn man mir nicht gleichzeitig verrät, wie ich selbst schön und reich werden kann!

Der Teufel scheißt immer auf den größten Haufen, heisst es im Volksmund. Oder: Wer hat, dem wird gegeben. Und genau so ist es mit dem Selbstbewusstsein: Die Frauen, die davon ohnehin schon eine Menge besitzen, werden obendrein noch bestätigt und von allen Seiten mit Erfolgserlebnissen versorgt. Während die kleine graue Maus mit dem fehlenden Selbstwertgefühl nur Kleine-graue-Maus-Erfahrungen macht, die sie immer kleiner und grauer werden lassen.

Was kann man also tun, um endlich zu den strahlend selbstbewussten Frauen zu gehören, die man schon immer bewundert (und, ehrlich gesagt, schrecklich beneidet) hat?

Natürlich kann man kiloweise Ratgeber-Bücher zum Thema kaufen, sich zu Hause aufs Sofa legen und versuchen, per Fernstudium selbstbewusst zu werden. In manchen dieser Bücher stehen sicher eine Menge kluger und vernünftiger Dinge, aber so ganz alleine hat man wenig Gelegenheit, das Gelesene in der Praxis zu erproben. Also runter vom Sofa und Seminare gebucht, Veranstaltungen besucht, Trainingsprogramme absolviert. Da lernt man vor allem eines: Dass man mit seinem Problem nicht alleine ist. Dass es unendlich viele Menschen gibt, überwiegend Frauen, die unter den gleichen Symptomen leiden wie man selbst.

Zu leise Stimme, unsicherer Blick, schweißnasse Hände in Stress-Situationen, Angst vor öffentlichen Auftritten, die Neigung, alle Ideen toll zu finden außer den eigenen, das Gefühl, nichts wert zu sein, nicht gut auszusehen, nichts zu können … Die Litanei ließe sich bis zur Suizidgefährdung fortsetzen. Ganz bestimmt aber ist es ein guter Schritt, überhaupt was zu unternehmen.

Ob es allerdings Sinn hat, den tieferen Ursachen solcher Gefühle auf den Grund zu gehen, bezweifle ich. Was nützt es, wenn man nach jahrelanger Psychoanalyse herausgefunden hat, dass der erfolgreiche Vater, die dominante Mutter oder eine ehrgeizige Schwester schuld sind an den eigenen Minderwertigkeitsgefühlen? Zumal diese subjektiven Gefühle oft gar nicht mit dem Bild übereinstimmen, das andere von einem haben. Immer wieder fällt mir auf, dass auch Menschen unsicher sind, die allen Grund hätten, selbstbewusst zu sein. Dagegen fragt man sich bei anderen, woher die ihr geradezu unverschämtes Selbstbewusstsein eigentlich nehmen!

Vielleicht ist der erste Schritt zur Selbstsicherheit ja die Selbsterkenntnis. Die ehrliche Bestandsaufnahme dessen, was man wirklich ist. Was man kann, was man nicht kann, wo die eigenen Fähigkeiten sind, wo die Defizite und Grenzen. Ich gebe Ihnen ein Beispiel: Meine Tochter ist klein, blond und blauäugig. Sie hat aber keinen größeren Wunsch, als schwarze Haare und »Chinesen-Augen« zu haben, außerdem will sie mindestens 1,80 Meter groß und Model werden. Sie wird den bitteren Weg der Selbsterkenntnis gehen müssen, um nicht für den Rest ihres Lebens unglücklich zu werden. So geht es im Prinzip jedem von uns, nur dass manche es früher hinter sich bringen als andere.

Wenn man sich selbst wirklich mit klarem Blick sehen, mit den eigenen Schwächen humorvoll umgehen und die eigenen Stärken schätzen kann – sich seiner selbst also bewusst ist – dann hat man eine Chance, sich seiner selbst auch sicherer zu werden.

Aber jetzt klinge ich schon wie einer dieser Ratgeber, und das will ich ja nun nicht. Ich will Sie nur ermutigen und Ihnen sagen: Auch in Ihnen steckt eine selbstbewusste Frau. Lassen Sie sie raus!

Sparpolitik

Männer sind merkwürdig. Okay, das ist nichts Neues, aber manchmal wundern wir Frauen uns doch, w i e merkwürdig Männer sein können.

Da kam zum Beispiel neulich der Mann meiner Freundin freudestrahlend nach Hause und verkündete: »Du glaubst gar nicht, wie viel Geld ich heute gespart habe!«

Als meine Freundin neugierig nachfragte, erzählte er von einem traumhaften Sportwagen, achtzehn Jahre alt, aber super gepflegt, ein echtes Liebhaberstück, ein Schnäppchen, einfach voll der Wahnsinn. Meiner Freundin schwante Böses. Wochenlang hatten sie beratschlagt, welches Auto sie kaufen wollten. Familientauglich sollte es sein, sparsam im Verbrauch und nicht so reparaturanfällig. Und nun hatte ihr Kerl das mühsam ersparte Budget tatsächlich in einen altersschwachen Angeberwagen gesteckt? Bevor sie Luft holen und losbrüllen konnte, sagte ihr Mann: »Ich habe ihn natürlich nicht gekauft. Über zehntausend Euro gespart! Da habe ich gedacht, jetzt kann ich mir endlich die Elektrogitarre leisten, die ich mir schon so lange wünsche.«

Sprachs und präsentierte meiner fassungslosen Freundin stolz eine Fender-Stratocaster-Kopie nebst Verstärker und Gesangsanlage, Kostenpunkt rund zweitausend Euro.

Als ich noch studierte, hatte ich einen Freund, der kaum was verdiente, aber einen ausgeprägten Hang zu den schönen und teuren Dingen des Lebens hatte. Er war immer hervorragend gekleidet, aber ständig klamm. In schöner Regelmäßigkeit lieh er sich Geld von mir. Nach ein paar Monaten beliefen sich seine Schulden auf fast tausend Mark, was für mein schmales Studentenbudget eine ziemliche Belastung war. Als er endlich mal wieder ganz gut verdient hatte, war ich überzeugt, er würde nichts Eiligeres zu tun haben, als seine Schulden bei mir zu bezahlen. Stattdessen kam er eines Abends in meine Studentenbude, bepackt mit den teuersten Delikatessen und Weinen – der Einkauf muss ungefähr den Betrag verschlungen haben, den er mir schuldete. Mein Geld habe ich übrigens bis heute nicht wieder gesehen.

Sag nochmal einer, Frauen hätten ein irrationales Verhältnis zum Geld!

Sind wir es etwa, die drei Paletten Joghurt mit abgelaufenem Verfallsdatum nach Hause bringen, nur weil der Becher zehn Cent billiger verkauft wurde? Kommen wir auf die bekloppte Idee, tausend Versandtaschen zu erwerben, obwohl wir im Jahr etwa fünf Briefe verschicken? Kaufen wir vielleicht einen Minitraktor mit Rasenmäher, Pflügfunktion und Sävorrichtung, obwohl unser Vorgarten gerade mal hundert Quadratmeter misst?

Na, bitte. Wenn hier einer ein irrationales Verhältnis zum Geld hat, dann doch wohl die Männer.

Ich sehe noch das entsetzte Gesicht meiner Mutter vor mir, wenn es nach dem sonntäglichen Mittagessen im Restaurant ans Bezahlen ging und mein Vater mal wieder vergessen hatte, seine Börse einzustecken. Er hatte nicht mal ein irrationales, er hatte überhaupt kein Verhältnis zum Geld. An einem Tag kaufte er für ein paar tausend Mark ein Bild von einem aufstrebenden jungen Künstler, am anderen Tag knauserte er mit dem Trinkgeld. Immer wieder spendete er absurde Summen für wohltätige Einrichtungen, brachte es aber durchaus fertig, nach einem Essen, das sein Geschäftspartner bezahlt hatte, die Rechnung einzustecken.

Für ihr Hobby ist Männern nichts zu teuer; Unsummen werden in Modellflugzeuge, Motorradersatzteile oder ein teures Sportgerät investiert, aber wehe, wir brauchen was zum Anziehen. Verschwendung!, schreit unser Kerl da auf, schließlich hätten wir so viele Klamotten im Schrank, dass wir bis zum Jahr 2020 nichts Neues bräuchten.

Und warum wir zu dem teuren Friseur gehen, wo er sich schließlich die Haare im Lädchen an der Ecke schneiden lässt, für 25 Euro statt für 75. (So sieht er dann auch aus, denken wir, aber das verkneifen wir uns.) Und überhaupt. Immer kaufen wir die teuren, frischen Sachen, statt die abgepackten im Supermarkt. Wein müsste auch nicht sein, er trinkt ohnehin lieber Bier. Und warum müssen die Kinder Marken-Schulranzen haben und die teuren Turnschuhe, wo es doch all den Kram im Billigmarkt für die Hälfte gibt?

Aber im Urlaub muss es dann das teure Clubhotel sein, weil man da Wasserski fahren kann und Tauchen und Fallschirmspringen, und Off-Road-Ausflüge machen mit dem vierradangetriebenen Geländewagen.

Woher dafür plötzlich das Geld da ist? Oooch, er hat da in so ein paar Aktien investiert, absolut sichere Sache, Renditen bis 40 Prozent …

Moderne Sklaven

In der Business-Class. Der teuer gekleidete Passagier neben mir zieht geräuschvoll die Nase hoch und polkt an seinen Fingernägeln. Die Stewardess bietet Getränke an. »Orangensaft«, blafft er. Kein »bitte«. Und auch kein »danke«, als er sein Getränk erhält.

In einem asiatischen Edel-Imbiss. Neben mir eine typische Vertreterin der Münchner Schickeria, aufgestylt und mit Klunkern behängt, mit ihrer ungefähr zwanzigjährigen Tochter. Das Essen wird serviert, auch die Damen würdigen die Kellnerin hinterm Tresen keines Blickes und bedanken sich nicht. Als die Rechnung in Höhe von 29,50 Euro kommt, bin ich gespannt auf das Trinkgeld. Trinkgeld? Die Klunker-Tussi gibt der Kellnerin 30 Euro und lässt sich den Rest zurückgeben.

Bei meinem Frisör. Eine Blondine betritt den Laden. Als sie erfährt, dass nicht die Chefin ihre Strähnchen machen wird, sondern Chris, einer der beiden (sehr fähigen!) Mitarbeiter, beschwert sie sich lautstark, das sei ja wohl das Letzte, und wenn sie das gewusst hätte, wäre sie gar nicht gekommen. Dass Chris peinlich berührt dabeisteht und mithört, ist ihr völlig schnuppe.

Das sind nur drei von vielen Erlebnissen, die ich in letzter Zeit hatte, und jedes Mal fragte ich mich, ob ich meiner Empörung Ausdruck verleihen und die Leute ansprechen soll. Im Fall der Blonden beim Frisör habe ich es getan. Sie zeigte sich betroffen und entschuldigte sich ungefähr zwanzigmal bei Chris. Das ändert nichts an ihrem Mangel an Sensibilität, der ihre taktlose Bemerkung überhaupt erst zuließ.

Ich habe mich schon ein paarmal mit der Kritik an unfreundlichen Verkäuferinnen und unfähigen Aupairmädchen unbeliebt gemacht (wobei sich erstaunlicherweise lauter freundliche Verkäuferinnen und fähige Aupairmädchen beschwert haben, die ja gar nicht gemeint gewesen sind). Heute möchte ich mich mal bei all jenen unbeliebt machen, die offenbar glauben, jemand, der eine Dienstleistung erbringt, sei kein Mensch, sondern eine Art Sklave und müsse deshalb nicht mit Höflichkeit und Respekt behandelt werden.

Wenn jemand mir ein Getränk serviert, das Essen bringt, die Haare schneidet, einen Pullover verkauft, meine Wäsche wäscht oder mein Büro putzt, erwerbe ich mit meinem Geld eine Dienstleistung, nicht aber das Recht, mich über diesen Menschen zu erheben. Es ist nur ein lächerlicher Zufall, dass eine Frau als wohlhabende Gattin auf der einen Seite des Tresens steht und die andere als Kellnerin und allein erziehende Mutter auf der anderen. Genauso gut könnte es umgekehrt sein.

Vor einiger Zeit ging ein Aufsehen erregender Kriminalfall durch die Presse: Das Kindermädchen einer reichen Münchner Familie hatte ihre Arbeitgeberin ermordet. Der Hintergrund: Beide Frauen waren aus Polen nach Deutschland gekommen, mit der Hoffnung auf ein besseres Leben. Die eine, ein bisschen hübscher, hatte Glück, wurde die Frau eines reichen Mannes und führte ein komfortables Leben in einer großen Wohnung mit Personal. Die andere, ein bisschen weniger hübsch, hatte nicht so viel Glück, fand keinen reichen Mann, sondern nur eine Stelle als Kindermädchen bei eben jener Familie. Und nun kann man sich vorstellen, wie die eine die andere gedemütigt hat, nicht absichtlich vielleicht, aber dennoch. Jeden Tag hat sie ihr vorgeführt, was ein bisschen mehr oder weniger Glück im Leben für einen Unterschied machen kann. Sie hat ihre Angestellte Überstunden machen lassen, während sie mit ihrem Mann auf glanzvolle Feste ging, sie hat ihr das nicht besonders üppige Gehalt nicht pünktlich bezahlt, während sie bei ihren Shopping-Touren Tausende von Euro ausgab. Und eines Tages ertrug die Gedemütigte ihr Los nicht mehr.

Durchaus verständlich, wenn auch manche Verkäuferin oder Kellnerin, mancher Frisör oder Taxifahrer gelegentlich Mordgelüste verspürt angesichts einer Kundschaft, die sich dermaßen arrogant und menschenverachtend verhält. Umso mehr, wenn diese Kundschaft einer Einkommensklasse angehört, von der man geneigt ist zu glauben, sie ginge mit etwas guter Erziehung einher. Aber eine dicke Brieftasche ist längst kein Garant mehr für kultiviertes Auftreten, wie nicht nur der nasehochziehende und fingernägelpolkende Fluggast neben mir beweist.

Deutschland, eine Kulturnation? Vergessen Sie's. Was Umgangsformen und Benehmen angeht, sind wir bestenfalls Dritte Welt. Aber dafür ganz schön eingebildet.

Primaten und Schnecken, Raser und Räuber

Nachdem mir kürzlich so ein bescheuerter Idiot fast das Lebenslicht ausgelöscht hätte, muss ich jetzt einfach mal auf die Autofahrer einhacken. Natürlich nicht auf alle (um Gottes willen, die Flut der Leserbriefe will ich mir gar nicht vorstellen!), aber doch auf solche, die glauben, sie müssten auf der Autobahn ohne zu blinken mal eben die Spur wechseln, den von hinten Kommenden zu einer Vollbremsung zwingen, um dann ungerührt in die alte Spur zurückzukehren, weil sie es doch nicht so ernst gemeint haben mit dem Überholen.

Ich spreche auch von jenen Wahnsinnigen, die von hinten mit 180 angerast kommen, so nah auffahren, bis sie jedes einzelne Haar an meinem Hinterkopf zählen können, wild hupen und blinken, obwohl sie genau sehen, dass ich nicht nach rechts ausweichen kann, und dann wenig später vogelzeigend und Beschimpfungen ausstoßend an mir vorbeifahren.

Nicht zu vergessen jene, die vor lauter Ungeduld plötzlich quer über die Autobahn schießen, um rechts zu überholen, was bekanntlich nicht nur verboten, sondern auch lebensgefährlich ist.

Ich gebe zu, in diesen Augenblicken kriege ich große Lust, die Verfolgung aufzunehmen und solche Kerle in ihre Einzelteile zu zerlegen, nicht ohne vorher ihre Blechschleudern zu einem Haufen Schrott verarbeitet zu haben. Ich sage bewusst »Kerle«, denn Manöver dieser Art sind eine männliche Spezialität. Das legt den Schluss nahe, dass viele Männer nicht begriffen haben, dass Autofahren ein Mittel zur Fortbewegung ist und keine Veranstaltung zur Feststellung des Toller-Hecht-Faktors.

Über den Zusammenhang zwischen automobilem Protzgehabe und männlichem Selbstwertgefühl ist ja schon viel spekuliert worden; je aggressiver einer fährt, desto deutlicher fühlt er sich offenbar als kleines Würstchen, das seine fehlende Potenz in anderen Bereichen durch primatenhaftes Verhalten im Straßenverkehr zu kompensieren sucht. Die Bedeutung des Autos als Ausdruck von Männlichkeit lässt sich ja immer wieder schön studieren; Männer sehen in ihrem Wagen deutlich mehr als einen Gebrauchsgegenstand, er ist ein Fetisch, der geputzt, gewienert, aufgemotzt und frisiert wird, mit dem man Eindruck machen und sich von anderen unterscheiden kann. In der Regel ist hier ein umgekehrt proportionaler Zusammenhang festzustellen oder einfach gesagt: Je größer das Auto, desto kleiner der Schniedel.

Aber, liebe Leserinnen, leider kann ich Sie nicht ungeschoren davonkommen lassen, denn auch Frauen zeigen gelegentlich ein Fahrverhalten, bei dem man sich nur die Haare raufen kann. Da sieht man ältere Damen, die panisch das Lenkrad umklammern und kilometerlang die Mittelspur mit 80 Stundenkilometern blockieren, weil sie sich nicht trauen, nach rechts zu wechseln. Oder andere, die stundenlang links blinken und ihre Hintermänner zum Bremsen zwingen, aber keinerlei Anstalten machen, tatsächlich zu überholen. Besonders liebe ich auch jene

Fahrerinnen, die schon Kilometer vor der Ampel abbremsen, obwohl diese noch auf Grün steht.

Ein eigenes Kapitel im Wildwest-Dschungel des Autoverkehrs ist der Kampf um Parkplätze; am verabscheuungswürdigsten sind die Räuber, die sich wieselflink in eine Lücke drängen, während man gerade dabei ist, vorschriftsmäßig rückwärts einzuparken. Auf kleiner Flamme grillen möchte man aber auch Beifahrer, die aus dem Auto springen und breitbeinig einen Parkplatz besetzen, solange der Fahrer umständlich über die ganze Straße wendet. Das sind dieselben Typen, die frühmorgens mit dem Handtuch den Hotelliegestuhl belegen und ihre Strandburgen einzäunen. Natürlich sind das auch die Autowascher, die am Samstag nachmittag so zärtlich das Blech polieren, dass ihre Ehefrau neidisch werden könnte, und mehr Zeit mit ihrem Wagen verbringen als mit ihren Kindern.

Da kriegt man gelegentlich Lust, mit dem Schlüssel etwas zu nahe am frisch gewienerten Lack vorbeizuschlendern. Ooops, ein Kratzer! Das tut uns aber Leid!

Über den Schlaf der Gerechten und ungerechte Schlaflosigkeit

Gehören Sie zu den Leuten, die sich abends einfach ins Bett legen und einschlafen? Die nicht jede Nacht zwischen drei- und zehnmal aufwachen, weil sie aufs Klo müssen, das Husten aus dem Nachbarhaus gehört oder von ihrem Aktiendepot albgeträumt haben? Die am nächsten Morgen ausgeschlafen erwachen, fröhlich aufstehen und den ganzen Tag gut gelaunt und leistungsfähig durchs Leben hüpfen? Ja???? Ich hasse Sie.

Es ist eines der ungelösten Menschheitsrätsel, warum der Schlaf für manche Leute etwas ist, woran sie keinen Gedanken verschwenden, während er für andere Schwerstarbeit, Heimsuchung, Quelle ständiger Besorgnis und Belastung ist. Es gibt unzählige Sorten Schlafgestörter, hier seien nur die häufigsten Typen vorgestellt:

1) Die Einschlaf-Gestörten. Sie gehen bereits mit dem Gedanken ins Bett, dass sie ja doch wieder nicht einschlafen können, und genau so ist es dann auch. Es wird Mitternacht, es wird eins, sie wälzen sich hin und her, legen sich mit dem Kopf ans Fußende und mit den Füßen aufs Kopfkissen, stehen auf, um zu pinkeln / ein Glas Milch zu trinken / zu lesen / das Schichtarbeiterprogramm im Fernsehen anzusehen, gehen wie-

der zurück ins Bett, und während sie da liegen und nicht schlafen, rechnen sie sich alle paar Minuten aus, wie viel Schlaf ihnen noch bis zum Weckerklingeln bleibt und dass es längst zu wenig ist (noch fünfeinhalb Stunden, noch fünf, noch viereinviertel!) und dass sie den ganzen nächsten Tag wieder fix und fertig sein werden, aber dass es jetzt auch schon zu spät für eine Schlafpille ist, weil sie sonst als Zombie aufwachen.

2) Die Durchschlaf-Gestörten. Sie gehen frohgemut ins Bett und denken an nichts Böses, schlafen auch ziemlich schnell ein, wachen dann so gegen drei, vier Uhr am Morgen auf, und dann geht's los mit dem Gedankenkarussell im Kopf: Habe ich eigentlich diese Rechnung bezahlt, für die schon eine Mahnung gekommen ist, wo ist sie überhaupt, oh Gott, sie ist versehentlich im Altpapier gelandet, werde ich jetzt gepfändet oder komme ich ins Gefängnis, wird meine Tochter den Notenschnitt fürs Gymnasium schaffen, was passiert, wenn sie ihn nicht schafft, wird sie dann Straßenkehrerin / Drogenhändlerin / Prostituierte, der Nachbar hat auch schon wieder so grimmig geschaut, vielleicht ist er doch ein Psychopath und zündet unser Haus an und wir verlieren alles und landen unter den Brücken oder im Obdachlosenheim …
Spätestens jetzt sind die Durchschlaf-Gestörten hellwach, ihr Puls hämmert, das Adrenalin rast durch ihre Blutbahn wie wild gewordene Käfer, und das war's dann mit dem Schlafen. Halt, nicht ganz: Eine halbe Stunde vor dem Weckerklingeln dösen sie nochmal erschöpft ein, und dann … Aaaaarrrggghh!!!

3) Die Ich-kann-nur-in-meinem-Bett-schlafen-Typen. Zu Hause schlafen sie leidlich, aber dazu benötigen sie ein

schallgedämpftes Zimmer, eine Spezial-Dreizonen-Sensitiv-Matratze, ein Kopfkissen mit ayurvedischer Aromaflockenfüllung, eine Spezial-Kräuterteemischung vor dem Zu-Bett-gehen, eine konstante Raumtemperatur von 16 Grad Celsius, Schlafbrille und Ohrenstöpsel. Ein fremdes Bett, egal, ob im Luxushotel oder bei Verwandten, ist für diese Gestörten ein Horror, deshalb bleiben sie am liebsten daheim. Sind sie doch mal gezwungen, außerhalb zu nächtigen, nerven sie ihre Mitmenschen den ganzen Tag mit den Schilderungen ihrer g-r-a-u-e-n-h-a-f-t-e-n Nacht.

4) Die Ich-kann-überall-schlafen-nur-nicht-zu-Hause-Typen. Hier kommen wir schon in den sensiblen Bereich zwischenmenschlicher Beziehungen, denn unausgesprochen steht hier noch der Zusatz: Und-du-bist-schuld! Die Gestörten dieses Typs können nicht schlafen, wenn der Partner daneben liegt, weil er sich rumwälzt / schnarcht / im Schlaf spricht, sie können aber auch nicht schlafen, wenn er weg ist, weil sie sich dann Sorgen machen, er könnte einen Unfall / einen schönen Abend / ein außereheliches Verhältnis haben.

Falls es Sie interessiert: Meine persönliche Schlafstörung ist eine Mischung aus den vier aufgeführten Störungen, aber mein eigentliches Problem ist, dass ich mit einem Mann verheiratet bin, der sich abends einfach ins Bett legt, einschläft, am nächsten Morgen ausgeschlafen erwacht, fröhlich aufsteht, den ganzen Tag gut gelaunt und leistungsfähig durchs Leben hüpft und mich für eine Hysterikerin hält. Ich hasse ihn!

Welche Diäten Sie nicht ausprobieren müssen

Sobald ich mir vornehme, Diät zu halten, denke ich an nichts anderes mehr als ans Essen.

Pizza, Kekse, Eis und Schokolade ziehen an meinem inneren Auge vorbei, ich entwerfe Nudelsoßen und Tortenrezepte, ich kann nicht mehr arbeiten, bin ungeduldig und schlecht gelaunt, mein ganzes Denken und Fühlen kreist nur noch ums Essen, dabei habe ich noch nicht mal mit der Diät begonnen. Der gute Vorsatz, ab jetzt Diät zu halten, genügt, um sofort zwei Kilo zuzunehmen; eigentlich reicht es schon, dass ich eine Zeitschrift kaufe, auf deren Titel eine neue Diät angepriesen wird, um mein Gewicht nach oben schnellen zu lassen – der Frust über die Wahnsinnsfigur des Titelmodels löst umgehend eine Heißhungerattacke bei mir aus.

Ich schwöre Ihnen, es gibt keine Diät, die ich nicht schon probiert habe, auf diesem Gebiet bin ich Expertin, deshalb vertrauen Sie bitte meiner folgenden Ranking-Liste:

Die Ananas-Diät (frei nach Uschi Glas, die Wirkung auf Ehemänner ist noch nicht endgültig erforscht): Morgens schon saure, kalte Ananas, auf nüchternen Magen, ja, pfui Teufel! Das Einzige, was man bekommt, ist Sodbrennen und ein heftiges Verlangen nach frischen Semmeln mit dick Butter und Marmelade.

Die Eiweiß-Diät: Schinken ohne Brot, Hühnchen ohne Pommes, Gulasch ohne Nudeln, Fisch ohne alles – was soll das für eine Ernährung sein? Jeder, der mal zwei, drei Tage keine Kohlenhydrate zu sich genommen hat, weiß, in welche Stimmungsabgründe man fällt; ich schätze, jeder zweite Affektmord geht auf Kohlenhydratmangel zurück.

Die Schokoladen-Diät: Gibt's wirklich, kein Witz. Soll – im Gegensatz zu Ananas- und Eiweißdiät – für gute Laune sorgen und so satt machen, dass man auf nichts anderes mehr Hunger hat. Nachteil: Wegen Vitaminmangels verliert man möglicherweise Zähne und Haare.

Vorteil: Nach dieser Diät ist man für immer von seiner Schokoladen-Gier geheilt.

FdH (Friss die Hälfte): Klingt einfach und überzeugend, weist aber in der praktischen Umsetzung einige Tücken auf. So verzehrt man mit bestem Gewissen zwei Tafeln Schokolade, weil man ganz sicher normalerweise vier gegessen hätte. Auch sonst isst man immer mit dem Gefühl, höchstens die Hälfte von dem zu essen, was man normalerweise zu sich nehmen würde, hat also ständig das Gefühl, sich zu kasteien, nimmt aber trotzdem kein Gramm ab.

Diät-Drinks: Morgens, mittags und abends ein schnell angerührter Drink mit nur 300 Kalorien – und den ganzen Tag keinen Hunger mehr? Das isses, denkt man sich und erwirbt eine Wochenration des Wunderpulvers zum Spottpreis von 69 Euro. Den ersten Tag hält man noch halbwegs durch, auch wenn man sich fühlt, als hätte man einen Schwamm im Magen. Ab dem zweiten Tag sehnt man sich nach etwas zwischen den Zähnen und stiehlt in einem unbeobachteten Moment den Beißring des Nachbar-Babys. Am dritten Tag kann man das synthetisch schmeckende Erdbeer, Vanille- und Schokozeug nicht mehr sehen, kippt den Rest im Wert von 34,50 Euro in den Müll und kocht sich ein fünfgängiges Menü im Brennwert von 6000 Kalorien.

Appetitzügler: Auch Pillen, die angeblich den Hunger vertreiben sollen, entwickeln komischerweise den entgegengesetzten Effekt: Man hat zwar weniger Hunger, aber gleichzeitig das erhöhte Bedürfnis, sich für seine Diätbemühungen zu belohnen. Deshalb isst man einfach, ohne Hunger zu haben – und bildet sich ein, Nahrungsmittel, die ohne Appetit verzehrt werden, würden weniger ansetzen.

Wissen Sie, seit wann ich keine Gewichtsprobleme mehr habe? Seit ich aufgehört habe, mir über mein Gewicht Gedanken zu machen. Eine ausgewogene Ernährung und viel Bewegung sind das Einzige, was wirklich hilft. Und niemals denken: »Ab jetzt halte ich Diät«! Viel Glück!

Sind Mütter die besseren Menschen?

Kinder zu haben ist was Tolles. Es gehört zu den besten Erfahrungen, die man im Leben haben kann. Aber, ganz ehrlich: Kinder sind nicht das Einzige, was eine Frau glücklich macht. Dennoch sieht man sich zurzeit einer neuartigen Mütterlichkeits-Euphorie gegenüber, die schon ein bisschen nachdenklich stimmt.

Da berichten junge Frauen, die bislang erfolgreiche Redakteurinnen, Ärztinnen oder Anwältinnen waren, wie froh sie sind, dem harten Erwerbsleben in die Heimeligkeit des Kinderzimmers entronnen zu sein. Scheinbar aufgeklärte Frauen verkünden, Kinder bräuchten nichts dringender als die eigene Mutter, und zwar mehr oder weniger rund um die Uhr, sonst würden sie seelischen Schaden nehmen. Die alte Feindseligkeit zwischen berufstätigen und nicht berufstätigen Müttern ist neu entbrannt, und im Gegensatz zu den letzten Jahren scheinen plötzlich die Nur-Mütter auf der politisch korrekten Seite zu stehen.

Lassen wir mal die Frauen beiseite, die gar keine Wahl haben. Die arbeiten müssen, weil sie allein erziehend sind, oder weil das Geld sonst nicht reicht. Ich spreche von den Frauen, die ohne Not ihre Berufstätigkeit an den Nagel hängen, weil sie plötzlich glauben, im Mutter-Sein ihre wahre Bestimmung gefunden zu haben.

»Mädels, passt auf«, möchte man ihnen zurufen, »ihr tappt in die Falle!«

In die Falle der Politiker, die ihre Arbeitslosenzahlen durch eure Kapitulation schönen.

In die Falle jener Männer, die sich immer noch lieber den Rücken von einer Frau frei halten lassen als sie bei ihren Berufszielen zu unterstützen. Am schlimmsten aber: in die Falle der ökonomischen Abhängigkeit von euren Partnern, die sich möglicherweise irgendwann mit einer Nur-Hausfrau und Mutter langweilen und euch durch eine interessantere (meist auch jüngere) Frau ersetzen. Und dann? Dann steht ihr da, habt den Anschluss in euren Berufen verloren und hängt am Tropf der Unterhaltszahlungen.

Klar, an sowas möchte man gar nicht denken, frisch verliebt oder verheiratet, mit einem Neugeborenen im Arm, berauscht vom Glück und den Hormonen. Aber ein kurzer Blick auf die Scheidungsstatistik zeigt, dass man daran denken m u s s.

Natürlich sollen Kinder eine wichtige Rolle im Leben ihrer Eltern spielen und viel Liebe, Aufmerksamkeit und Zuwendung bekommen. Aber wenn ich mir den Zirkus ansehe, der heutzutage um Kinder veranstaltet wird, können einem die Kleinen eigentlich nur Leid tun.

Sie sind zum neuen Statussymbol in einer materiell gesättigten Welt geworden, sollen die Glückserwartungen ihrer Eltern erfüllen und ihrem Leben einen Sinn geben. Sie stehen unter der ständigen Beobachtung übereifriger Mütter, die unbedingt alles richtig machen wollen und dabei ein diktatorisches System errichten, das jede individuelle Entwicklung nahezu unmöglich macht. Nahrungsaufnahme, Medienkonsum, Kleidung – alles wird haarklein kontrolliert und dominiert. Kein Wunder, dass viele Kinder zu unausstehlichen, egozentrischen Monstern heranwachsen!

Keine Untersuchung der Welt konnte bislang beweisen, dass Kinder Schaden nehmen, wenn sie einige Stunden am Tag nicht von ihrer Mutter, sondern von anderen liebevollen und qualifizierten Personen betreut werden. Was frustrierte, genervte und überforderte Nur-Mütter aber an täglichem Terror entfesseln, kann man ständig beobachten. Jeder, der Kinder hat, versteht diesen Frust und diese Überforderung, denn das Leben mit den lieben Kleinen ist höllisch anstrengend. Dagegen können ein paar Stunden im Büro die reine Erholung sein. Ich begreife nicht, warum Frauen darauf freiwillig verzichten! Und damit auch auf den Spaß, den es macht, seinen Kopf zu gebrauchen. Auf die Bestätigung und Anerkennung, die damit verbunden ist. Und auf die finanzielle Absicherung für den Fall, dass die Statistik eines Tages Recht behält und die Ehe in die Binsen geht. Was übrigens sehr viel wahrscheinlicher wird, wenn eine Frau zum langweiligen Muttchen mutiert, statt sich durch ihre Berufstätigkeit ein Stück eigenes Leben und Unabhängigkeit zu bewahren. Ich bitte euch, Mädels, gebt nicht freiwillig auf, worum wir jahrzehntelang gekämpft haben!

Wer erzieht hier eigentlich wen?

Glauben Sie allen Ernstes, Sie würden Ihre Kinder erziehen? Vergessen Sie's, jedenfalls wenn Sie unter Erziehung verstehen, dass Ihre Kinder machen, was Sie sagen. Das ist eine der vielen Illusionen, die in den Köpfen von Eltern herumgeistern, so ähnlich wie die Vorstellung, Spinat hätte mehr Vitamine als Wiener Würstchen. Auch wenn es sich unwahrscheinlich anhört: Das Gegenteil ist der Fall.

(Bei von Spinat und Würstchen liegt die Sache so: Durchs lange Rumliegen im Gemüsegeschäft ist beim Spinat das Vitamin C schon weitgehend raus, während im Schweinefleisch der Würstchen jede Menge Vitamin B steckt. Das nur am Rande.)

Eltern neigen zu dem Irrglauben, sie könnten durch ständiges Wiederholen der immer gleichen Befehle wie »Räum dein Zimmer auf!«, »Zieh deine Hausschuhe an!«, »Mach das Licht aus!«, Räum den Tisch ab!«, »Mach deine Hausaufgaben!« undsoweiterundsofort einen Effekt erzielen. Aber mal ehrlich: Reagiert irgendeines Ihrer Kinder auf irgendeinen der oben aufgeführten Befehle? Na bitte. Meine auch nicht.

Ich kann es einmal am Tag sagen oder hundertmal, die Wirkung ist gleich null, meine Nerven sind abends zerrüttet, und ich fühle mich wie der letzte Versager. Wenn ich es schon nicht schaffe, meine Kinder dazu zu bringen, ihre Hausschuhe anzuziehen, wie soll ich es dann schaffen, sie zu guten Menschen zu erziehen?

Vermutlich sollte ich mich fragen, ob es sich lohnt, so viel Energie in die Durchsetzung des Hausschuhe-Anziehens zu investieren, oder ob ich diese Banalitäten nicht besser überspringe und mich gleich der Aufgabe widme, gute Menschen aus ihnen zu machen. Vielleicht hängt das aber auch miteinander zusammen; vielleicht können Kinder nur gute Menschen werden, wenn sie lernen, dass Vernunft wichtiger ist als Bequemlichkeit; und das Tragen von Hausschuhen ist ja nun eindeutig ein Gebot der Vernunft, da man seltener ausrutscht, sich die Zehen nicht stößt, die Socken schont und Erkältungen vermeidet. Letztlich sind all diese Überlegungen aber müßig, da die Dinge – wie erwähnt – ohnehin völlig anders liegen.

Nicht *wir* erziehen unsere Kinder, unsere Kinder erziehen *uns*. (Schon die Einsicht, dass es sinnlos ist, das Tragen von Hausschuhen zu verlangen, ist vermutlich einer ihrer Erziehungserfolge.)

Meine Kinder wachen streng über meinen Alkoholkonsum, der sich ohnehin auf zwei oder drei Gläser Wein pro Woche (!) beschränkt, aber wehe, ich gönne mir mal ein Glas mehr oder greife einmal im halben Jahr zur Grappaflasche – dann ist der Teufel los.

Als unser Sohn mal beobachtete, dass mein Mann aus Jux eine Zigarette rauchte (er ist eigentlich Nichtraucher), bekam er einen mittleren Nervenzusammenbruch und heulte zwei Stunden; sollte einer von uns jemals wieder auf die Idee kommen, zu rauchen, würden wir uns vor unserem Sohn verstecken. Gut fand ich auch die Sechzehnjährige, die bei einer Sylvesterparty ihre Eltern anschrie: »Könnt ihr nicht ohne Drogen lustig sein?« Die beiden hatten es gewagt, an einem Joint zu ziehen; ich nehme an, es war das erste und letzte Mal.

Das eigentliche Geheimnis von Erziehung ist: Man muss das perfekte Vorbild sein – aber wer ist schon perfekt? Die geringste Schwäche wird gnadenlos registriert; ein im Zorn geäußerter Kraftausdruck, eine Nachlässigkeit (selbst die Hausschuhe vergessen!), ein ätzender Kommentar über einen Mitmenschen – schon steht die Kinderpolizei auf der Matte und zeigt erbarmungslos mit dem Finger auf den Sünder.

»Hast du nicht gesagt, man darf nicht fluchen, schlecht über andere reden und überhaupt, wo sind eigentlich DEINE HAUSSCHUHE ???«

Während wir also versuchen, gute Menschen aus unseren Kindern zu machen, werden wir selbst zu besseren Menschen, wir haben gar keine andere Wahl. Wir verkneifen uns die Schokolade nach dem Essen, wir beschränken unseren Fernsehkonsum, wir lesen gute Bücher, wir rauchen nicht (oder heimlich), trinken wenig oder gar nicht, treiben Sport und arbeiten fleißig – und alles nur, damit wir glaubwürdige Vorbilder sind.

Manchmal frage ich mich schon, wofür es sich eigentlich gelohnt hat, erwachsen zu werden. Früher haben einem die Eltern alles verboten, was Spaß macht, heute tun es die Kinder.

Ist es Liebe oder nur eine Durchblutungsstörung im Gehirn?

Liebe macht nicht blind, sondern blöd. Eigentlich hatten wir das ja immer schon vermutet, aber spätestens seit Rudolf Scharping die Mallorca-Plantsche-Fotos von sich und seiner Geliebten freiwillig der Boulevard-Presse zur Verfügung gestellt und sich selbst zum Gespött der Nation gemacht hat, ist es uns zur Gewissheit geworden.

Jetzt ist sogar wissenschaftlich erwiesen, dass Verliebte buchstäblich den Verstand verlieren, weil der schiere Gedanke an den oder die Liebste zu einer höheren Durchblutung der Sexualhirnareale führt, während die Bereiche für Konzentration und Gedächtnis unterversorgt sind. Endlich wird uns klar, warum Verliebte mit Sternchen in den Augen und blödem Grinsen im Gesicht durch die Welt laufen, keinem vernünftigen Argument zugänglich und betonfest davon überzeugt sind, dass der/die Geliebte das wunderbarste Wesen im Universum ist, wo wir Außenstehenden doch genau sehen, dass der/die Geliebte ein eher durchschnittliches Exemplar seiner Gattung ist, oder womöglich sogar ein echter Abturner.

Wie viele Dummheiten im Namen der Liebe begangen werden, geht wirklich auf keine Kuhhaut!

Da verlassen »reife« Männer ihre Ehefrauen, mit denen sie eine langjährige Geschichte und gemeinsame Kinder haben, weil ihnen eine jüngere Schöne den Kopf verdreht. Dabei weiß doch jeder, dass die Halbwertzeit des erotischen Rausches nach maximal einem Jahr erreicht ist, meist noch schneller, und dass auch die jüngeren Schönen irgendwann Kinder und eine Familie wollen, was die Verwandlung von der unwiderstehlichen Sexgöttin in ein durchaus menschliches Alltagswesen mit sich bringt und damit eine Wiederholung all dessen, was der »reife« Mann hinter sich gelassen zu haben glaubte.

Da verraten Frauen ihre beste Freundin, weil sie sich angeblich in deren Ehemann verliebt haben, und sie ruhen nicht, bis zwei Ehen – die eigene und die der Freundin – ruiniert sind. Dabei war's in Wahrheit vielleicht nur eine lange schwelende Rivalität oder der unterschwellige Neid auf die Freundin statt die große Leidenschaft für einen Mann, der bei Licht besehen auch nicht toller ist als der eigene.

Aber so weit muss es ja gar nicht gehen, ein einfacheres Beispiel für die Dämlichkeit von Verliebten sind all die Fernseh-Shows, in denen stotternde Jungs ihren errötenden Mädels vor laufender Kamera tränenreiche Heiratsanträge machen. Ja, wie hormonell verblödet muss man denn sein, um zu riskieren, sich vor Millionen Leuten eine Abfuhr zu holen? Oder auch nur den eigenen Freunden und Bekannten Anlass für endlose Spöttereien zu liefern?

Aber das ist eben ein typisches Symptom der Verliebtheit: Der heftige Drang, sich aller Welt mitzuteilen. Nicht umsonst versauen immer wieder Verliebte ganze Straßenzüge oder Autobahnbrücken mit ihren glücksverkündenden »Ute, ich liebe Dich!« – Graffitis. Oder nerven uns mit infantilen Botschaften im Anzeigenteil unserer Tageszeitung, so à la »Putzilein, ich sehn mich nach Dir! Küsschen, dein Kuscheltier«.

Verliebtheit ist ein fantastisches Gefühl, keine Frage. Aber, let's face it: Sie ist nur eine biochemische Reaktion im Gehirn, die man problemlos auch mit gewissen Drogen herstellen könnte. Sie hat vermutlich viel weniger mit dem/der Angebeteten zu tun als mit unseren eigenen Prägungen und Projektionen. Und sie ist furchtbar zerbrechlich. Wie schnell wird aus heftiger Schwärmerei heftiger Hass, nur weil das Objekt unserer Begierde nicht so reagiert, wie wir es uns wünschen? Oft genug lesen wir von Verschmähten, die eine geliebte Person so massiv verfolgen, dass die vermeintliche Liebe zum Albtraum für die Betroffenen wird.

Und wie ist es möglich, dass Paare, die jahrelang glücklich miteineinander waren, sich bei der Trennung bis aufs Blut bekämpfen, ohne Rücksicht aufeinander und – schlimmer noch – auf ihre Kinder? Verletzte Gefühle, werden Sie vielleicht sagen, aber ist es nicht vielmehr verletzter Narzissmus, die Tatsache, dass der andere mich und meine Gefühle nicht mehr spiegeln will? Denn ganz oft scheint das, was wir Liebe nennen, nur das Entzücken über die Gefühle zu sein, die der andere *uns* entgegenbringt.

Verliebtheit ist ein Geschenk, wir sollten sie genießen, aber ihr keine zu große Bedeutung beimessen. Liebe hingegen ist eine Kunst. Und wie die meisten Künste erlernt man auch sie nur in jahrelanger Arbeit.

Das geheime Wesen der Handtasche

Noch immer suchen Wissenschaftler nach dem Sitz der Identität. Was die Frauen betrifft, ist die Sache längst klar: Ihre Identität sitzt in der Handtasche.

Frauen sind geradezu verwachsen mit ihrer Handtasche, sie hängen an der Tasche und die Tasche an ihnen. Die Handtasche ist eine Art Verlängerung des eigenen Körpers, sie gehört zu uns, ist ein Teil von uns. Die schlimmsten Sekunden erleben wir, wenn wir sie verlegt haben: Ein heißer Schrecken durchfährt uns, das kann nur ein böser Traum sein; wenn die Handtasche weg ist, ist alles aus. Es fühlt sich an, als wären wir amputiert, und erst wenn die Tasche aufgetaucht ist, spüren wir wieder das Blut durch unsere Glieder zirkulieren.

Nicht nur der Geldbeutel mit allen Ausweisen und Kreditkarten befindet sich ja drin, nein, auch unser Adressbuch (das wir immer schon mal abtippen und auf Diskette speichern wollten ...), der Terminkalender, ohne den unser Leben völlig aus den Fugen geraten würde, weil wir nicht mehr wüssten, wann wir wo sein müssen, die Fotos unserer Lieben, der Lieblings-Lippenstift, der nicht mehr hergestellt wird und den wir sparsamst mit einem Pinsel auftragen, damit der letzte Rest so lange wie möglich vorhält, der Parfümflakon vom Flohmarkt, um den uns alle

Freundinnen beneiden, weil er genau die richtige Größe hat und so schön geschliffen ist, und natürlich das Handy, unsere Verbindung zur Welt, mit lauter wichtigen Telefonnummern, die nirgendwo sonst gespeichert sind. Was für ein Albtraum, wenn all diese Dinge plötzlich verschwunden wären, nur weil wir in Gedanken versunken beim Tanken die Tasche aufs Autodach gestellt haben und dann losgefahren sind …

Normalerweise passiert sowas nicht, weil wir Frauen wie durch einen unsichtbaren Faden mit unserer Tasche verbunden sind und ständig im Unterbewusstsein abgespeichert haben, wo sie sich gerade befindet. Selbst von exzessiven Kneipentouren kommen wir zuverlässig mit unserer Handtasche nach Hause, auch wenn anderes auf der Strecke geblieben ist; der Liebste, ein Schuh oder unser Verstand. Es gibt nur eine Ausnahme: Wenn wir unser Herz verloren haben. Dann kann es passieren, dass wir die Handtasche gewissermaßen gleich hinterher werfen. Die Sache mit der Tasche auf dem Autodach ist mir wirklich passiert, und zwar, als ich bis über beide Ohren verliebt war, was ja bekanntlich eine leichte Form des Wahnsinns ist. Da setzen sogar die besten Kontrollreflexe mal aus.

Am Praktischsten wäre es, wenn zu jeder Frau eine bestimmte Handtasche gehören würde, so wie ihr Name oder ihr Gesicht; eine Tasche, die das ganze Leben hindurch dieselbe wäre und am Ende mit ihrer Besitzerin gemeinsam begraben werden würde. Stattdessen müssen wir uns alle paar Monate eine neue Tasche zulegen, nur weil die Mode ständig wechselt.

Meine persönliche Identität befindet sich zurzeit in einer schwarzen, relativ geräumigen Umhängetasche. Ich brauche viel Platz, weil ich zusätzlich zu den oben aufgeführten Gegenständen meist auch noch ein dickes Buch, einen Packen Zeitschriften oder irgendwelche Arbeitsunterlagen mit mir herumschleppe. Wie soll ich das alles in die lächerlichen Täschchen aus Bast oder Stoff kriegen, die derzeit modern sind?

Meine liebste Zeit war – handtaschentechnisch betrachtet – die Phase nach der Geburt meiner Kinder. Da schob ich einen Kinderwagen, hatte also keine Hand frei für eine schicke Kelly-Bag oder ähnlichen Schnickschnack, und so trug ich mit gutem Gewissen Rucksäcke. Das würde ich am liebsten auch noch heute tun, aber es sieht einfach beschissen aus, deshalb schleppe ich mich mit einer großen Wühltasche ab, die mir mehrmals täglich kleine Adrenalinstöße verabreicht, wenn ich ergebnislos nach dem Geldbeutel grabe oder sicher bin, dass mein Handy nun endgültig irgendwo liegen geblieben ist. Ich hasse die Tasche für das gemeine Versteckspiel, das sie mit mir treibt, aber ich liebe sie dafür, dass alles in ihr Platz findet, was ich zu brauchen glaube.

Manchmal, wenn ich mich im Vorbeigehen in einem Schaufenster spiegle, erschrecke ich. Nicht über mein Aussehen, nicht über meine Frisur, selbst mit meinem Gang und meiner Figur habe ich mich ausgesöhnt. Nein, ich erschrecke über den unförmigen Beutel, der von meiner linken Schulter hängt (komischerweise kann ich meine Tasche nur links tragen, auf der rechten Seite macht sie mir Verspannungen und rutscht ständig runter). Ich schäme mich vor all den eleganten Frauen, die zierliche Handtaschen in fröhlichen Farben tragen, die so wirken, als enthielten sie nichts außer dem Glück des Augenblicks. Ich erwäge, mir sofort eine neue Tasche zu kaufen, und dann kriege ich ein schlechtes Gewissen vor meiner alten, die mir so lange treue Dienste geleistet hat und mir unhörbar zuflüstert: »Aber ICH bin es doch, der Sitz deiner Identität! Mich kannst du doch nicht einfach so austauschen!«

Recht hat sie.

Halb volle und halb leere Gläser

Ich bin ein großer Fan von Fragebögen. Ich fülle sie nicht nur gerne aus, ich lese auch gerne, was andere Leute für ihren größten Fehler, ihren größten Erfolg oder das wahre Glück im Leben halten. Unter der Rubrik »Wahres Glück« las ich kürzlich die lapidare Antwort: *Zufriedenheit.*

Ich war überrascht. Ist Glück denn nicht viel mehr als Zufriedenheit? Oder andersherum gefragt: Ist Zufriedenheit nicht eigentlich die Kapitulation vor der Tatsache, dass es so schwierig ist, glücklich zu sein? *Zufriedenheit,* das klingt so ein bisschen nach Sich-zufrieden-geben, nach schäfchenhaftem Sich-fügen ins Unvermeidliche, nach einem lauen Abklatsch des wahren Glücks. Bei weiterem Nachdenken wurde mir klar, dass diese Antwort in Wirklichkeit sehr klug ist, um nicht zu sagen weise.

Unser ständiges Streben nach Glück führt doch in Wahrheit dazu, dass wir immer unzufriedener werden, weil nichts so schwer zu finden ist wie dauerhaftes Glück. Alle träumen wir von der großen Liebe, von einer fröhlichen Familie, von Erfolg im Beruf, von einem verständnisvollen Freundeskreis. Wenn wir diese Ziele erreichen könnten, so glauben wir, wären wir glücklich! Dass wir gesund und finanziell abgesichert sind, setzen wir sozusagen als selbstverständlich voraus.

So, und jetzt mal ehrlich: Wie viele Leute kennen Sie, die all das haben? Na bitte. Die einen sind verliebt, aber unglücklich im Job. Die anderen verdienen toll, haben aber ständig Stress mit dem Partner. Die nächsten haben vielleicht eine fröhliche Familie, aber Probleme mit der Gesundheit. Bei unseren Maximalforderungen müssten die alle unglücklich sein. Es sei denn, sie verfügten über das, was vielen fehlt: Die Fähigkeit, zufrieden zu sein.

Wer zufrieden ist, fragt sich nicht ständig, ob er glücklich ist. Wer zufrieden ist, kann das genießen, was er hat, ohne an das zu denken, was er n i c h t hat.

Tatsache ist ja, dass es viel mehr Dinge gibt, die man nicht hat, als Dinge, die man hat. Manchen genügt das als Begründung dafür, eigentlich immer unzufrieden zu sein. Dabei ist es eine Frage der Sichtweise, die alte Geschichte mit dem halb vollen und dem halb leeren Glas: Die einen sehen grundsätzlich das, was drin ist, die anderen das, was fehlt.

Vielleicht ist der Begriff »Fähigkeit« im Zusammenhang mit Zufriedenheit auch falsch; vielleicht müsste man eher von einer »Gabe« sprechen, denn es sieht so aus, als wäre Zufriedenheit eine Art Geschenk, mit dem man geboren wird – oder eben nicht.

Schon bei Kindern kann man das beobachten. Da gibt es diese Bälger, die man zuschütten kann mit Geschenken, und die immer genau das vermissen, was nicht auf dem Geburtstagstisch liegt. Die sehr gute Noten haben, aber damit hadern, nicht die besten Noten zu haben. Die blond und blauäugig sind und sich verzweifelt wünschen, dunkelhaarig und braunäugig zu sein. Die sich nicht über ihre neuen Schuhe freuen können, weil sie an all die Schuhe denken, die sie nicht bekommen haben.

Aus ihnen werden dann diese ewig nörgelnden Erwachsenen, denen nie etwas recht ist und die jeden Kellner, Vermieter oder Ehepartner zur Verzweiflung bringen. Ihr Essen ist grundsätzlich zu kalt, der Wein zu warm, die Musik zu laut, die Wohnung zu hellhörig, das Hotel zu nah an der Straße, das Wetter schlecht, die Kollegen unfähig …

Soll man diese Leute hassen oder bemitleiden? Wahrscheinlich können sie einem Leid tun, denn vermutlich liegt ihr Unglück nicht am Wetter, sondern in ihnen selbst.

Wie beneidenswert dagegen die Frohnaturen, die eigentlich immer gut drauf und zufrieden sind, weil sie jeder Situation etwas Positives abgewinnen können! Meine Freundin Susanne zum Beispiel: Allein erziehende Mutter von drei Kindern und einem Hund, mit viel zu kleiner Wohnung und chronischen Geldsorgen – aber immer gut gelaunt. Wann immer man sie fragt, wie es ihr geht, hört man ein fröhliches: »Gut! Und dir?«

Um ehrlich zu sein, ich bin keine dieser Frohnaturen. Ich hadere durchaus hie und da mit dem Dasein. Aber wenn ich mir Menschen wie Susanne ansehe, habe ich das Gefühl, ich jammere auf ziemlich hohem Niveau. Und dann schäme ich mich …

Reisefieber

So viel ist sicher: Es ist erblich. Und es wird im Alter schlimmer.

Mein Mann leidet darunter, und mein Sohn auch. Und ich kann nicht sagen, dass es in den letzten Jahren besser geworden wäre.

Na prima, dann campieren wir also demnächst eine Nacht vor dem Abflug auf dem Flughafen, denn schon heute müssen wir mehrere Stunden vorher da sein, wenn die beiden keine nervöse Krise erleiden sollen. Sie spüren eine nicht zu kontrollierende Aufregung vor allen Ausflügen, die weiter als bis in die nächste Ortschaft führen. Die Nacht vor der Abreise verbringen sie schlaflos, beim Frühstück kriegen sie kaum etwas runter, sie sind reizbar und nervös, bis sie endlich auf ihrem Platz im Zug oder im Flugzeug sitzen, wo sie sich dann gegenseitig Statistiken über die Gefährlichkeit des Zugfahrens beziehungsweise Fliegens vorrechnen.

Also, ich leide nicht unter Reisefieber. Mehr als einmal bin ich mit wehenden Mantelschößen als Letzte über die Gangway gerast, hinter mir wurden die Flugzeugtüren geschlossen und los ging's. Meist musste die Stewardess am Check-in-Schalter vorher kurz durchrufen, ob die Maschine mich überhaupt noch mitnimmt.

Ich mag es, im letzten Moment auf den bereits anfahrenden Zug aufzuspringen, und ich liebe die Adrenalinausschüttung, die entsteht, wenn man eh schon knapp dran ist und dann in den Stau gerät. Oder die S-Bahn drei Stationen vor dem Bahnhof eine Panne hat. Das bange »Schaffe-ich's-oder-schaffe-ich's-nicht« bringt ein herrliches Prickeln in meinen Alltag, der sonst so prächtig durchorganisiert ist, dass eigentlich selten was Unvorhergesehenes passiert.

In aller Bescheidenheit: Ich habe noch nie ein Flugzeug oder einen Zug verpasst, ich habe es nämlich im Auf-den-letzten-Drücker-Kommen zu einer gewissen Meisterschaft gebracht.

Das ist nur ein schwacher Trost für meinen Mann, denn was für mich eine Art Sport ist, verursacht bei ihm Schweißausbrüche und Übelkeit. Ich glaube, er erwägt jedes Mal die Scheidung, wenn ich kurz vor dem Start nochmal eben die Koffer umpacke oder ihn frage, ob wir nicht vielleicht ein Viertelstündchen später losfahren könnten, weil ich das Herumsitzen am Flughafen so langweilig finde.

Er behauptet, er liebe das Herumsitzen am Flughafen, er beobachte gerne die Menschen, trinke mit Vergnügen den schlechten und überteuerten Kaffee und genieße die Vorfreude auf die Reise. Er schätzt es, möglichst früh am Check-in zu sein, weil er dann die Auswahl zwischen den Sitzplätzen hat, er flaniert gerne vom Flughafencafé zum Zeitungsstand, vom Reiseshop zu den Imbissständen. Für ihn ist Unterwegs-Sein ein Zustand, der ihn anregt und zufrieden macht. Für mich hingegen zählt nur die Ankunft.

Natürlich schäme ich mich dafür, dass ich so eine rastlos getriebene, ungeduldige und hektische Person bin, dass meinen Reisen gar nichts Philosophisches anhaftet, und dass schlechter Kaffee für mich schlechter Kaffee bleibt, auch wenn ich ihn mit Blick auf startende Flugzeuge schlürfe. Meine Ungeduld ist – ich habe es Ihnen an dieser Stelle ja schon gestanden – leider pathologisch.

Aber Reisefieber wird nicht nur im Alter schlimmer, es scheint sogar – wenn auch sehr langsam – ansteckend zu wirken. Kürzlich habe ich doch tatsächlich von mir aus vorgeschlagen, eine S-Bahn früher zum Flughafen zu nehmen, um nicht in Stress zu geraten. Den dankbaren Blick, den mein Mann mir zuwarf, werde ich so schnell nicht vergessen. Ich selbst war ein wenig besorgt. Ob das schon eine Alterserscheinung ist?

Es lebe die Feindschaft!

Es geht nichts über gepflegte Feindschaften. Ich zum Beispiel habe noch aus meiner Jugendzeit einige Feindinnen, mit denen ich schon so lange verfeindet bin, dass ich mich schon kaum mehr an den Anlass erinnere, aber ich pflege diese Feindschaften mit Hingabe, denn was bleibt einem sonst an Möglichkeiten, einen klaren Standpunkt zu zeigen in dieser harmoniesüchtigen Epoche, in der alle sich immerzu entschuldigen.

Politiker entschuldigen sich bei ihren Wählern, Wirtschaftsbosse bei den von ihnen wegsanierten Mitarbeitern, Dieter Bohlen bei Verona, Möllemann bei allen außer Friedman – sogar meine Kinder haben den Trick schon durchschaut: Mit Kleinsündermiene entschuldigen sie sich bei mir für ihre Missetaten, nur um sofort die nächste zu begehen.

Damit wir uns nicht falsch verstehen: Sich für einen Fehler zu entschuldigen, ist ein wichtiger sozialer Akt, ebenso wie zu verzeihen. Aber wenn Entschuldigungen inflationiert werden, verlieren sie ihren Wert. Deshalb bestehe ich auf meinen alten Fehden, denn *nicht verzeihen zu wollen* ist auch eine Haltung.

Also, worum ging's denn eigentlich bei meinen Feindschaften?

Im Falle von I. ist die Sache klar: Sie fing ein Verhältnis mit meinem Freund an, und eines Morgens konnte ich ihre langen Haare von meinem Kopfkissen klauben. Das ist natürlich eine Todsünde und rechtfertigt lebenslange Feindschaft, was sich allerdings in der Umsetzung schwierig gestaltet, wenn man den gleichen Freundeskreis hat und sich alle Nase lang auf irgendeiner Geburtstagsparty trifft. Weil's einfach zu anstrengend ist, sich Abende lang zu ignorieren, reden wir inzwischen wieder miteinander (die Geschichte liegt übrigens fünfzehn Jahre zurück). Aber weder hat sie sich bisher bei mir entschuldigt, noch habe ich ihr verziehen, damit das klar ist.

Neulich brachte mich jemand mit der Frage in Verlegenheit, warum ich mich schon vor Jahren mit meinem früheren Freund ausgesöhnt habe, der damals den Anlass für unseren Bruch lieferte; schließlich hätte ich doch ebenso viel Grund, auf ihn sauer zu sein.

Vielleicht wiegt der Verrat einer Freundin schwerer, weil wir Frauen mehr Vertrauen zu anderen Frauen haben als zu unseren Männern. Das spräche nicht für die Männer. Die Realität spricht nicht unbedingt für die Frauen.

A. war genau so lange meine Freundin, bis ich sie nach einer schmerzhaften Trennung wirklich gebraucht hätte. Da hatte sie nichts Eiligeres zu tun, als mit meinem Ex-Freund in die Ferien zu fahren; wenig später waren die zwei ein Paar. Immerhin muss man ihr zugute halten, dass sie bis nach der Trennung gewartet hat; trotzdem habe ich das als eine Illoyalität empfunden, die ich nie verzeihen konnte. Zum Glück treffen wir uns so gut wie nie; wenn es vorkommt, ignoriere ich sie bewusst und mit voller Überzeugung.

Eine Feindschaft hatte ich fast schon aus meiner Erinnerung getilgt, da ereignete sich ein unerwartetes Zusammentreffen. Ich sollte bei einer live ausgestrahlten Hörfunk-Runde mit anderen Autoren mein neuestes Buch vorstellen. Weil ich aufgehalten wurde, traf ich ganz kurz vor dem Beginn der Sendung ein, schüttelte eilig den anwesenden Kollegen die Hand – und sah plötzlich K. in die Augen, einer meiner Erzfeindinnen, die lange im Ausland gewesen und nun offensichtlich zurückgekehrt war. Auf sie war ich sauer, weil sie vor Jahren mal was ziemlich Unfreundliches über mich in einer Zeitung geschrieben hatte.

Was, um alles in der Welt, sollte ich tun? Sollte ich die Hand zurückziehen? Sollte ich live vor Hunderttausenden erklären, dass ich mit dieser Person nicht an einem Tisch sitzen will?

Ich tat, was vermutlich am besten war, ich behandelte sie ebenso freundlich wie alle anderen in der Runde; wir tauschten uns über unsere Bücher aus, sie schenkte mir eines von sich, ich ihr eines von mir (beide mit Widmung, versteht sich!) – und am Ende fragte ich mich plötzlich, ob es der Anlass eigentlich wert gewesen war, sie so viele Jahre als Feindin zu betrachten. Ich würde sagen: vermutlich nein.

Wir zeichnen unsere Feinde mit unserer Feindschaft ja auch aus, geben ihnen eine gewisse Wichtigkeit. Genau genommen haben nur wenige Menschen unsere Feindschaft *verdient;* bei den meisten ist sie schon zu viel der Ehre. Mit den Jahren verliert unser Zorn seinen Stachel, der Grund für die Feindschaft geht im Nebel der Erinnerung verloren, und außerdem ist es wirklich ganz schön anstrengend, zu hassen.

Sie sehen, die Festung wankt, die Kraft zur Feindschaft schwindet. Womöglich würde ich meinen Feindinnen ja heute tatsächlich verzeihen, wenn sie sich bei mir entschuldigen würden. Glücklicherweise hat es noch keine getan.

Handy-Manie

Oh Gott, mein Handy ist weg! Meine Nabelschnur zur Welt, meine Verbindung zu den Menschen, mein wichtigstes Kommunikationsmittel! Panik macht sich breit, ich durchwühle sämtliche Fächer meiner Tasche, kehre das Unterste zuoberst und das Oberste zuunterst – nichts. Es ist weg, aus der Tasche geklaut, als ich mich auf unserem Dorfrummel mit einer anderen Mutter unterhielt, während unsere Kinder mit der Schiffschaukel schaukelten.

Ich kann's einfach nicht fassen. Wer klaut denn ein Handy, wo man die doch heutzutage hinterhergeschmissen kriegt, sobald man einen Vertrag abschließt? Nur um ein paar Gespräche auf meine Kosten zu führen? Sobald der Akku leer ist, kann der Dieb es ja nicht mal mehr einschalten, weil er meinen PIN-Code nicht kennt. Und wenn er es verkauft, bringt es ihm höchstens ein paar Euro, während ich Tage, wenn nicht Wochen brauchen werde, bis ich all die Nummern wieder zusammen habe, die in meinem Telefon gespeichert sind, aber leider nirgendwo sonst.

Ohne das Ding fühle ich mich völlig verloren; einsam treibe ich im Orbit umher, unerreichbar und ohne Verbindung zu anderen Wesen. Kann man ohne Handy überhaupt das Haus verlassen? Was, wenn ich eine Panne oder einen Unfall habe? Ich werde im Wald verrotten, neben mir ein blutendes Reh, das ich versehentlich angefahren habe, und ich werde niemanden um Hilfe bitten können. Und wenn was mit meinen Kindern passiert? Niemand kann mich anrufen, ich werde ahnungslos unterwegs sein, während sich mein Sohn in den Laken wälzt und verzweifelt nach mir ruft.

Und was ist mit all den wichtigen Anrufen, die mein Leben verändern könnten? Sie werden mich nicht erreichen. Ich bin ausgestoßen aus der Gemeinde jener, deren Handyklingeln ihnen signalisiert: Du gehörst dazu!

Ich lasse sofort meine Nummer sperren, damit der Dieb nicht auf meine Kosten mit Japan telefoniert, und beschließe, so lange zu Hause zu bleiben, bis das Ersatzgerät eingetroffen ist, also ungefähr vier bis fünf Tage. Diese Zeit kann ich dafür verwenden, all die Telefon-Nummern zu recherchieren. Diesmal tippe ich sie gleich in meinen PC, damit sie nicht mehr verloren gehen können. Außer, wenn der PC abstürzt. Brenne also gleich eine Sicherheits-CD. Und noch 'ne Diskette, man weiß ja nie.

Ich habe nicht geahnt, wie abhängig ich von dem kleinen Mistding bin; ist echt peinlich! Dabei hatte ich lange gar keins. Habe mich einfach geweigert, an die Kommunikationsleine gelegt zu werden. Überall erreichbar – das wär ja noch schöner!

Ich habe mich snobistisch mit meiner Handylosigkeit geschmückt, während alle Welt schon mobil telefonierte, Kurznachrichten tippte und sich wichtig vorkam.

Aber allmählich bröckelte mein Widerstand, ich kaufte das erste Mobiltelefon, trug es brav mit mir herum, allerdings meistens ausgeschaltet. Ich vergaß einfach, es einzuschalten, war aber auch zu dämlich, die Mailbox-Funktion zu aktivieren, was dazu führte, dass ich nun zwar ein Handy besaß, aber keineswegs überall erreichbar war.

Irgendwann aber war's so weit: Die schleichende Vereinnahmung durch das Gerät war gelungen. Ich vergaß nicht mehr, es mitzunehmen, ich vergaß nicht mehr, es einzuschalten und den Akku regelmäßig aufzuladen; im Gegenteil, mein erster Griff ging immer zum Handy, es war zu einem Teil von mir geworden, unentbehrlich wie Pass, Geld oder Hausschlüssel, eigentlich wichtiger als alles zusammen. Und jetzt steh ich da, ein Kommunikations-Junkie ohne Droge, und wie alle Süchtigen auf Entzug fühle ich mich grauenvoll.

Ich bin gespannt, wie ich die Tage überstehen soll, bis das tolle, neue Handy kommt, das mein Netzanbieter mir sofort zugesagt hat; nicht ohne mir einen noch besseren und billigeren Tarif für Vieltelefonierer anzubieten. Wenn ich's mir recht überlege, ist es eigentlich schade, dass mir mein altes Handy nicht schon früher geklaut worden ist.

Aber wer sind eigentlich diese Snobs, die es sich immer noch leisten, *kein* Handy zu besitzen? Sind die völlig bescheuert oder sind es die wirklich Wichtigen? Ich fürchte, ich werde es nicht herausfinden, denn ich gehöre nicht zu ihnen. Leider.

Nie mehr Langeweile!

Mir ist so langweilig, jammern meine Kinder, und ich höre mich selbst jammern, als ich noch ein Kind war, und frage mich, wie lange es her ist, dass ich mich nicht mehr langweile, und ob es nicht vielleicht ganz schön wäre, dieses Gefühl mal wieder zu spüren.

Zeit. Leere. Langeweile.

Wann war er, dieser Moment, als ganz plötzlich zu wenig Zeit da war, und nicht mehr zu viel?

Noch während meines Studiums hatte ich so viel Zeit, dass ich Nachmittage lang sämtliche Abteilungen von Karstadt durchstreifen konnte, von den Badehandtüchern zu den Toastern, von den herabgesetzten Sommerschuhen zu den Kosmetika, von der Schallplattenabteilung zur Käsetheke. Nicht, dass ich was Spezielles gesucht hätte, ich hatte nur Zeit, und die schlug ich tot, indem ich mir ansah, was ich kaufen würde, wenn ich Geld hätte.

Damals konnte ich auch noch stundenlang in Cafés herumsitzen, ohne irgendwas Wichtiges zu verpassen; ich hatte keine Termine, keine Fristen, keinen Druck; naja, irgendwann am Semesterende mussten ein paar Arbeiten fertig sein, aber bis dahin war ja noch soooo viel Zeit.

Ich schlief ohne schlechtes Gewissen bis elf, las zwei Stunden die Zeitung, machte manchmal einen ganzen Tag nichts. Einfach nichts. Und langweilte mich.

Heute stehe ich jeden Tag um Viertel vor sieben auf. Bis ich um neun am Schreibtisch sitze habe ich: Tee gekocht, zwei Kinder geweckt und mit Frühstück und Pausenbroten versorgt, noch schnell ein paar Englisch-Vokabeln abgehört, einen Pferdeschwanz gebunden, im ganzen Haus nach dem blauen Sweatshirt gefahndet, eine Diskussion über wetterangepasste Kleidung geführt, die Zeitung quer gelesen, die Katze gefüttert, das Katzenklo gesäubert, nochmal Tee gekocht, mit meinem Mann die politische Weltlage erörtert, eine Joggingrunde gedreht, mit der Müllabfuhr wegen der Abholung des kaputten Sofas telefoniert, Heizöl bestellt.

Dann schreibe ich bis Mittag, ständig unterbrochen vom Telefon, weil alle möglichen Leute mir alles mögliche antragen, von der Mitarbeit an Anthologien mit launigen Titeln wie »Liebeskummer« oder »Mörderische Leselust«, über die Moderation von Firmen-Jubiläen und Podiumsdikussionen zum Fortbestand des Wals in Ligurien bis hin zu Festvorträgen über die Rolle der Frau in der modernen Mediengesellschaft oder die Rolle der Medien im Selbstverständnis der modernen Frau.

Zeit fürs Mittagessen: Schulprobleme, Krach mit der besten Freundin, Termine für die nächsten Fußballspiele, Geodreieck und Radiergummi schon wieder weg, Jacke in der Schule vergessen, Turnbeutel leider auch, Katze hat in die Ecke statt ins Katzenklo gepinkelt, Basteltermin fürs Schulfest, wann ist der nächste Elternabend (ein Segen, da bin ich verreist, es trifft meinen Mann!), Einladung zum Kindergeburtstag – und zwar morgen (wann, verdammt, soll ich ein Geschenk besorgen?), Friseurtermin für die Kinder, ach ja, und die Spülmaschine ist auch kaputt.

Nachmittags: Zurück an den Schreibtisch, heute erst anderthalb Seiten geschrieben, ein Buch hat aber mindestens dreihundert Seiten. Wenn ich in dem Tempo weitermache, ist mein Verlagsleiter im Ruhestand, bis das Werk erscheint, dabei ist er doch erst 43.

Auf meinem Schreibtisch türmt sich die ungelesene Post von Tagen, Pressematerial und Bücher für meine nächste Talkshow liegen daneben, von den 3000 nicht eingeklebten Kinderfotos aus den letzten acht Jahren sprach ich bereits an anderer Stelle.

Ich lehne mich zurück, halte inne. Und mir wird klar: der Moment, als ich aufgehört habe, mich zu langweilen, war der Moment, in dem ich selbst kein Kind mehr war, sondern Kinder bekam. Das Ende der Langeweile ist der Beginn des Erwachsenseins.

Ein kleines bisschen von dieser süßen Kindheitserinnerung Langeweile kann man manchmal im Urlaub erhaschen, wenn man im Liegestuhl unter dem Sonnenschirm liegt und sein Buch im Hotel vergessen hat. Dann lässt man den Sand durch die Finger rieseln und denkt: Mir ist langweilig. Und dann holt man sich schnell eine Zeitschrift am Kiosk.

Im Liebesrausch

Also, ich wollte ja kein Tier. Ich mag Tiere, deshalb will ich ihnen – wie schon erwähnt – das Zusammenleben mit mir ersparen. Mein Mann wollte auch kein Tier. Meine Kinder wollten unbedingt ein Tier, am liebsten einen Hund. Hund kommt nicht infrage, entschieden wir, und so haben wir jetzt zwei Katzen. Das heißt, inzwischen ist es nur noch eine, weil die andere vor ein paar Tagen weggelaufen ist. Seither schlafen wir alle schlecht, weil wir unentwegt auf das Geräusch der Katzenklappe horchen und hoffen, dass sie wieder zurückkommt.

Auf Anraten einer Katzen-Expertin hatten wir extra *zwei* Katzen angeschafft, weil das angeblich verhindert, dass die Tiere abhauen. Tatsache ist, dass die zwei kleinen Kater sich ums Futter stritten und auf Sofa, Kissen, Kleidungsstücke und in alle Ecken pinkelten, um ihr Revier zu markieren. Heute Morgen kamen die Jungs vom Sperrmüll und holten das verpinkelte Sofa ab.

Irgendwie war es abzusehen: Das eine Kätzchen war von Anfang an eher häuslich und ging kaum vor die Türe, das andere fiel schon mit vier Wochen vom Balkon und wenig später in eine Tonne mit Gießwasser, hat diese Abenteuer aber unbeschadet überlebt, da Katzen ja bekanntlich über sieben Leben verfügen.

Als Kater Nummer 1 das Weite gesucht hatte, hat unser Sohn eine ganze Nacht geheult und am nächsten Tag die Schularbeit verhauen. Unsere Tochter hingegen fragte: »Wenn die andere Katze stirbt, kriege ich dann einen Hund?«

Kater Nummer 2 (der inzwischen den Namen Tom trägt) ist hoch zufrieden mit seinem Einzelkatzen-Dasein, pinkelt nur noch aufs Sofa, wenn wir ihn länger als einen halben Tag allein lassen und ist uns so ans Herz gewachsen, dass wir mit dem Gedanken spielen, unseren Jahresurlaub abzusagen, weil wir das arme Tier doch nicht so lange alleine lassen können.

Abends nehmen wir ihn mit ins Wohnzimmer und lassen ihn fernsehen, damit ihm nicht langweilig wird. Gerührt sehen wir zu, wie er aus unseren Pflanzentöpfen die Erde rausscharrt und die Blätter annagt. Wir finden es possierlich, wenn er seine Krallen am neuen Sofa schärft und sich so in die Mitte legt, dass keiner von uns mehr Platz hat und wir uns eine andere Sitzgelegenheit suchen müssen.

Die größte Freude ist, wenn Katerchen auf einem Schoß Platz nimmt; der so Ausgezeichnete kann natürlich nicht mehr selbst aufstehen, um Bier oder Chips zu holen. Wenn mein Mann der Glückliche ist, bleibt er schon mal zwei Stunden regungslos sitzen, obwohl er eigentlich dringend aufs Klo müsste und niemand da ist, der Bier und Chips serviert.

Mit Hingabe krault mein Angetrauter das Tier und erklärt, diese Katze sei ganz anders als andere Katzen. Irgendwie besonders. Manchmal kann man ihn (meinen Mann, nicht den Kater) dabei beobachten, wie er über den Boden robbt, ein Wollebällchen vor sich herschiebt oder einen Kreisel dreht. Der Kater scheint das albern zu finden. Nachsichtig blickend wendet er sich ab und überlässt den Familienvater seiner merkwürdigen Beschäftigung.

Die Kinder begrüßen uns nicht mehr, wenn sie aus der Schule kommen, sondern schmeißen ihre Schultasche in die Ecke und rufen nach Tom. Neuerdings versuchen sie, durch das Simulieren von Krankheiten, mit denen man unmöglich zur Schule gehen kann, sich einen Vormittag allein mit dem Kater zu erschleichen. Der liegt dann unter Missachtung sämtlicher hygienisch begründeter Verbote schnurrend mit im Bett und fungiert als Wärmflasche.

Manchmal fragen wir uns, wie wir jemals ohne Katze leben konnten.

Eigentlich konnten wir's auch nicht, denn wir hatten ja schon mal eine. Die war irgendwann verschwunden, und alle dachten, der böse Nachbar wär's gewesen, was sich allerdings nicht beweisen ließ. Jetzt ist der böse Nachbar zum Glück verliebt, fährt mit selig-blödem Blick auf Inline-Skatern rum und macht den Eindruck, als hätte er andere Dinge im Kopf, als Nachbars Katzen umzubringen.

Was wieder mal zeigt, dass eigentlich alle nur geliebt werden wollen: Der Nachbar von der neuen Freundin, die Kinder von der Katze, wir von den Kindern, die Katze von uns. Jeder will gekrault und gestreichelt werden, und am liebsten würden ja auch wir schnurren, weil wir so glücklich sind über unser Haustier.

Missglückte Wünsche

Manche Leute glauben daran, dass man sich etwas nur stark genug wünschen muss, damit es in Erfüllung geht. Eine Parklücke, ein Lottogewinn, der Mann fürs Leben – das Universum soll ein offenes Ohr für Wünsche haben, ganze Bücher wurden darüber schon geschrieben. Nun ja, leider ist die Sache mit dem Wünschen nicht ganz so einfach, wie ich gerade erst erfahren durfte. Vielleicht erinnern Sie sich: Mir wurde mein Handy geklaut, ich war ziemlich aufgelöst, bis mein Anbieter mir ein neues geschickt hatte: Silbrig glänzend, sehr schick; aber leider lag es nicht gut in der Hand und hatte klapprige Tasten. Ich mochte es von Anfang an nicht und jammerte wochenlang, dass ich dieses Handy gerne los wäre; viel lieber hätte ich das von meinem Mann gehabt.

Was soll ich Ihnen sagen: Mein Wunsch wurde erhört! Im Sommerurlaub, an einem spanischen Hafen, wurde ich das ungeliebte Handy endlich los. Und mit ihm meinen Rucksack, meine Kreditkarte, meine EC-Karte, unsere Flugtickets, die Pässe, die Hausschlüssel, das Adressbuch und den Terminkalender. Irgendwas bei der Wunschübertragung war schief gelaufen. So wie beim Sams, dem Kobold aus den gleichnamigen Kinderbüchern: Der kann seinem Besitzer Wünsche erfüllen, aber wenn die nicht richtig formuliert sind, wächst schon mal im Wohnzimmer ein Dschungel oder ein Auto durchbricht die Hausmauer.

Filmreif brach ich auf dem Hafenkai zusammen, mein Mann verfolgte die Diebe, meine Kinder staunend das Spektakel, ein Rudel Anteil nehmender Touristen teilte mir mit, ja, ja, sie hätten die zwei gesehen, Einheimische seien's gewesen. Auf meine Frage, warum sie seelenruhig zusähen, wie andere Leute beklaut werden, erhielt ich die Antwort, man wisse ja nie und wolle keinen Ärger.

Mein Mann kam ohne die Räuber, dafür mit einem Polizisten zurück. Der lächelte freundlich, zuckte die Schultern und notierte die Adresse der Polizeistation. Also, nichts zu machen, außer Schadensbegrenzung. Aber versuchen Sie mal, aus dem Ausland eine deutsche Kredit- oder EC-Karte zu sperren. Sie werden feststellen, dass all die tollen Hotline-Nummern nicht funktionieren, und bis Sie endlich auf vielen Umwegen jemanden erreichen, haben die Diebe schon ein paar hundert Euro auf den Kopf gehauen.

Ich erspare Ihnen die Einzelheiten (3 Stunden auf dem Polizeirevier zur Aufnahme der Anzeige, endlose Telefonate, verzweifelter Versuch, den Terminkalender zu rekonstruieren) – die erste Urlaubswoche verging wie im Flug. Die Schlösser zu Hause wurden ausgetauscht, Ersatz-Flugtickets bestellt (das Stück zu € 50,–), das Handy wieder gesperrt, die neue Karte beantragt – alles natürlich mit dem Handy meines Mannes, das so wunderbar in der Hand lag und so komfortable Tasten hatte und überhaupt viel schöner war als mein altes …

Als ich nach drei Tagen immer noch meinen geklauten Sachen nachtrauerte (darunter Fotos von den Kindern, ein geschenkter Schlüsselanhänger, mein Lieblings-Lippenstift und ein paar andere Dinge, die mir wichtig waren), ermahnten mich meine Kinder, ich solle mal an die armen Flutopfer denken, die bei dem furchtbaren Hochwasser viel mehr verloren hätten, und mich gefälligst nicht so anstellen.

Ich fand zwar, dass sie Recht hatten und schämte mich, trotzdem fühlte ich mich gedemütigt, entblößt, wütend. Mir war sowas noch nie passiert, obwohl ich schon als junges Mädchen durch die Weltgeschichte gereist war, am Strand oder bei wildfremden Leuten geschlafen hatte, mutterseelenalleine durch Neapel, Los Angeles und New York spaziert war, ohne dass mir jemals etwas zugestoßen wäre. Um mich schien eine Aura der Unverletzlichkeit gewesen zu sein, ich hatte mich immer sicher gefühlt, war nie ängstlich oder misstrauisch gewesen.

Nach dem Diebstahl sah ich nun in jedem einen potenziellen Taschendieb oder Schlimmeres und lief mit hochgezogenen Schultern und gesenktem Blick, die Handtasche an mich gepresst, durch die Gegend. Mein Mann triumphierte heimlich, predigte er mir doch schon seit Jahren, dass ich zu viel Zeug mit mir rumschleppen würde, zu unvorsichtig und vertrauensseelig wäre. Hoffentlich sei es mir eine Lehre gewesen.

Aber ich habe jetzt sein Handy! Er hat's mir überlassen, und nach dem Urlaub habe ich ihm ein neues geschenkt. So ist mein Wunsch schließlich doch noch in Erfüllung gegangen. Seither bin ich aber verdammt vorsichtig mit dem Wünschen. Sätze wie: »Ich wär so gerne auf einer einsamen Insel!« denke ich nicht mal mehr, geschweige denn, dass ich sie ausspreche. Wer weiß, wie das ausgehen würde!

Das Leid und die Männer

Dass Männer und Frauen grundsätzlich verschieden sind, ist inzwischen bekannt. Besonders gut nachweisen lässt sich diese Tatsache, wenn sie das Bett hüten (ich meine jetzt nicht zum Zwecke des erotischen Vergnügens oder der Fortpflanzung, sondern aus gesundheitlichen Gründen):

Wenn eine Frau erkrankt, wird sie es zunächst ignorieren, trotz 39 Grad Fieber aufstehen und ihre Aufgaben erfüllen, bis sie im Fieberwahn deliriert oder aus den Latschen kippt. Man wird sie nur mit allergrößter Mühe dazu bekommen, ihren Arbeitsplatz zu verlassen und sich zu Hause ins Bett zu legen; dort wird sie auch nicht lange bleiben, sondern der Familie das Abendessen zubereiten und mit den Kindern Vokabeln üben. Nach spätestens drei Tagen wird sie behaupten, völlig gesund zu sein, und blass, aber entschlossen ihr normales Pensum wieder aufnehmen.

Wenn ein Mann sich schlecht fühlt, stellt er sofort Vermutungen an, welche seltene Tropenkrankheit er haben könnte und wie schnell sie ihn dahinraffen wird. Er lehnt alle wohlmeinenden Ratschläge ab; weder zum Fiebermessen noch zur Durchführung üblicher Maßnahmen wie Kräutertee trinken, Stirn kühlen oder Minzöl inhalieren kann er überredet werden. Auch die Verabreichung bewährter Medikamente wird kategorisch abgelehnt. (Der Mann einer Freundin erkundigte sich, wie denn ein Aspirin einzunehmen sei; ob man es kauen, auflösen, zerstoßen oder im Ganzen schlucken müsse und wie viel Flüssigkeit dafür notwendig sei.)

Der Vorschlag, zum Zwecke einer eindeutigen Diagnose einen Arzt aufzusuchen, wird mit heftigem Widerstand quittiert; schließlich sei längst nachgewiesen, dass man vom Arzt kränker zurückkomme als man hingegangen sei. Nein, Männer vertrauen auf die Selbstheilungskräfte ihres Körpers, die sie gerne mit harten Alkoholika, zahlreichen Zigaretten und viel Kaffee unterstützen, schließlich sind sie keine Memmen, die ihren Gewohnheiten abschwören, nur weil sie eine Bronchitis haben, die vermutlich der Vorbote einer tödlich verlaufenden Lungenentzündung ist.

Das alles wäre kein Problem, wenn die Männer still für sich leiden und uns in Ruhe lassen würden. Das Gegenteil aber ist der Fall. Es wird gestöhnt und gejammert, alle fünf Minuten müssen wir die Stirn fühlen, den Puls messen und die Bewegung der Pupillen überprüfen; das Geräusch des Hustens muss analysiert, die unerklärlichen Schmerzen der Wadenmuskulatur ausführlich diskutiert werden. Eine mühevoll zubereitete Fleischbrühe mit frischem Gemüse wird nach wenigen Löffeln mit Leidensmiene weggeschoben, der nach langem Suchen im Ökoladen erstandene Ingwerwurz-Ginseng-Tee vom Kranken mit der Bemerkung verweigert, er sei erkältet, nicht impotent.

Da Fußballübertragungen bekanntlich Wunder wirken, wird die gesamte Bettstatt aufs Wohnzimmersofa verfrachtet, um den Patienten der heilsamen Wirkung des Mannschaftsspiels auszusetzen. Leider verschlechtert ein unerwünschtes Spielergebnis den Zustand des Rekonvaleszenten erheblich; zum körperlichen Leid kommt nun seelische Niedergeschlagenheit, die sich in Mitleid heischendem Seufzen und dramatischem Augenverdrehen manifestiert. Alle Niederlagen der letzten Jahre kommen ihm plötzlich in den Sinn, die Verluste seines Börsendepots, das verlorene Tennismatch, die verschobene Beförderung – unser Supermann ist nur noch ein klägliches, klagendes Männlein, das gerade noch unser Mitleid, aber kaum noch unseren Respekt verdient.

Sobald genervte Ehefrauen oder Lebensgefährtinnen es wagen, ihre Aufmerksamkeit der täglichen Erwerbsarbeit oder der Versorgung des Nachwuchses zuzuwenden, ertönt heftiger Protest. Lieblos seien wir Frauen, eiskalte Wesen ohne einen Funken Mitgefühl, die ungerührt zusähen, wie sie, die Männer, leiden.

Übrigens: Wenn die Männer Kinder kriegen müssten, wäre die Menschheit längst ausgestorben. Aber wenigstens das wird ihnen und uns wohl erspart bleiben.

Schildkröten und Sektflaschen

Kennen Sie diese Leute, die sich nie richtig aufregen, nie richtig freuen, die immer freundlich und ausgeglichen sind, sozusagen wohltemperiert, ohne heftige Gemütsbewegungen?

Das sind die Schildkröten.

Die liegen ihr ganzes Leben lang in einer Ecke des Schildkrötengeheges, strecken hie und da den Kopf aus dem Panzer, blinzeln einmal kurz und ziehen den Kopf wieder zurück. Nichts kann sie aus der Ruhe bringen, kein plärrendes Kind, kein Börsencrash, keine Eifersuchtsszene, kein Unglücksfall. Die Ausschläge ihres Gefühlsbarometers sind minimal, sie verbrauchen so wenig emotionale Energie, dass sie uralt werden können, ohne einmal richtig geweint oder gelacht zu haben.

Und dann gibt es die Sektflaschen. Die müssen nur kurz geschüttelt werden, dann schäumen sie hoch, der Korken fliegt durch die Luft, der Sekt spritzt in alle Richtungen. Die geringste Erschütterung reicht, um eine Sektflasche zum Explodieren zu bringen, besonders wenn sie sich vorher schon aufgewärmt hat.

Ich bin eine Sektflasche. Ich rege mich wahnsinnig schnell auf; über das Wetter, über pampige Mitmenschen, lahmarschige Autofahrer, ungerechte Politik, über eine weggeschnappte Parklücke und andere Nichtigkeiten.

Ich mache meinen Gefühlen Luft, obwohl ich weiß, dass es mir nur Scherereien bringt.

Ich beschwere mich, wenn ich mich schlecht behandelt fühle, ich streite mit Leuten, die sich scheiße benehmen, ich beantworte sogar die Kellner-Frage »Hat es Ihnen geschmeckt?« mit einer ehrlichen Antwort, obwohl das hierzulande als Unhöflichkeit betrachtet wird.

Das alles wird vermutlich nichts ändern; weder am Wetter, noch an meinen Mitmenschen, an unfreundlichem Service oder schlechtem Essen, aber ich kann einfach nicht anders.

Wenn ich wütend werde, steigt der Druck in meinem Inneren immer weiter an und muss sich einfach entladen, sonst würde ich platzen. Oder krank werden. Ich tröste mich damit, dass mein explosives Naturell mir vielleicht ein Magengeschwür erspart, und hoffe, dass es meinen Mitmenschen keines verursacht.

Natürlich wäre es viel bequemer, eine Schildkröte zu sein. An meinem Panzer würde alles abprallen, meine Nebenniere würde sich die hohe Adrenalinproduktion sparen, und ich mir jede Menge Aufregung, Diskussionen und Entschuldigungsbriefe.

Aber mein Leben wäre auch langweiliger und ich hätte weniger Spaß. Ebenso heftig wie meine negativen sind nämlich auch meine positiven Gefühle; ich kann mich schlapplachen über mittelmäßige Witze, manchmal tanze ich vor Freude, und jede liebevolle Geste von anderen macht mich unverhältnismäßig glücklich. Im Kino lache ich an Stellen, wo keiner lacht, und ich bin bereits in Tränen der Rührung aufgelöst, wenn ein Kind beim Schulfest auf der Geige herumkratzt.

Diese Intensität ist auch ziemlich anstrengend, aber ich kann dagegen ebenso wenig machen wie gegen meine Wutausbrüche. Glücklicherweise lebe ich als Sektflasche unter Sektflaschen; meine ganze Familie neigt zu heftigen Gefühlsbekundungen, lediglich mein Mann verhält sich manchmal schildkrötenmäßig, aber damit meine ich eigentlich nur, dass er dann so etwas wie Weisheit durchschimmern lässt.

In einer Beziehung kann es nämlich ganz schön schwierig werden zwischen Schildkröten und Sektflaschen. Was Sektflaschen für Temperament halten, ist für Schildkröten Hysterie, was Schildkröten »Ausgeglichenheit« nennen, bezeichnen Sektflaschen als »Gefühlskälte«. Die unterschiedlichen Gefühlstemperaturen führen leicht zu Missverständnissen und Kränkungen, aber im besten Fall können die beiden voneinander lernen; ein bisschen Gelassenheit kann auch der besten Sektflasche nicht schaden, und etwas mehr Gefühl gefällt sogar manchen Schildkröten.

Gegenseitig umkrempeln werden sich die beiden aber nicht können; sie sollten es am besten auch gar nicht erst versuchen. Niemals wird eine Schildkröte sich dazu herablassen, im Kino zu weinen, ganz egal, wie traurig der Film ist. Und niemals wird eine Sektflasche darauf verzichten, im Kino zu weinen, sobald die Geigen ertönen!

Einkaufen ist Bürgerpflicht

Das mit der Wirtschaft ist schon eine komische Sache. Da wird produziert und produziert, obwohl eigentlich von allem schon viel zu viel da ist, zu viele Klamotten, zu viele Bücher, zu viele Autos, zu viel Spielzeug, und wir kaufen und kaufen, stopfen unsere Wohnungen voll mit Zeug, das wir eigentlich nicht brauchen – bis zwei Flugzeuge ins World Trade Center rasen, und plötzlich ist alles vorbei.

Es ist, als hätten wir erst danach kapiert, dass es auf der Welt tatsächlich noch ein paar andere Probleme gibt als die Frage, ob die Röcke in der kommenden Saison kurz oder lang getragen werden, oder ob pink noch angesagt ist. Als hätte jemand die Luft aus einem Ballon gelassen, ist unsere größenwahnsinnige Sorglosigkeit zusammengeschnurrt auf das Format eines Tischtennisballs, und wir sind unsanft auf dem Boden der Tatsachen gelandet.

Viele der Firmen, bei denen wir uns immer schon gefragt haben, was die eigentlich produzieren außer heißer Luft, sind Pleite gegangen, und wir haben endlich kapiert, was die Börse ist: ein Märchen. Alle starren andächtig auf den angeblich so prächtig gekleideten Kaiser, bis ein Kind ruft: »Der hat ja gar keine Kleider an.« Und plötzlich sieht jeder, was vorher keiner sehen wollte: dass die Firmen nicht im Entferntesten wert sind, was ihre Börsenkurse suggerieren. Danach ist es wie beim Domino-Spiel: Wenn ein Steinchen umgefallen ist, fallen die anderen mit. Der anschließende Katzenjammer ist ebenso hysterisch wie die vorangegangene Euphorie; nun sacken auch die Kurse von solchen Unternehmen in den Keller, die eigentlich gut dastehen.

Falls wir nun nicht im Besitz von Aktien sind, könnten wir uns die Hände reiben und denken: »Was geht mich das alles an?«, denn auf den ersten Blick scheint es mit uns persönlich nichts zu tun zu haben. Leider ist das ein Irrtum, denn wir leben in einem Wirtschaftssystem, in dem all diese Ereignisse aufs Verhängnisvollste miteinander verknüpft sind. Die Wahrheit ist: Nicht die Terroristen, die Wirtschaftsbosse oder die Börsenmakler sind schuld, nein, w i r sind es! Sie haben richtig gelesen: Sie und ich und alle anderen, die wir zu Hause sitzen und uns weigern, Geld auszugeben, sind schuld an der schlechten Wirtschaftslage, an Depression und Arbeitslosigkeit.

Ist doch ganz einfach: Wenn wir nicht losziehen, um ein neues Sofa, eine neue Einbauküche oder ein neues Auto zu kaufen, produzieren die Firmen weniger Sofas, Einbauküchen und Autos, sind also gezwungen, Leute zu entlassen. Der Wert der Firmen sinkt, die Anleger sehen zu, dass sie ihre Aktien los werden, die Kurse bröckeln, die Depression wird stärker, wir haben noch weniger Lust, Geld auszugeben, weil ja morgen w i r diejenigen sein könnten, die ihren Arbeitsplatz verlieren, und so geht es immer weiter. Der Domino-Effekt eben.

Wir befinden uns also plötzlich in der merkwürdigen Lage, dass der private Akt des Einkaufens ein politischer wird. Zu Zeiten der Euphorie hieß es: *Ich shoppe, also bin ich!* Heute können wir sagen: *Ich shoppe, also rette ich Deutschland!* Niemand schafft den Aufschwung außer uns selbst, indem wir freudig unsere Ersparnisse in den Kreislauf der Volkswirtschaft einspeisen, auf dass diese wieder auf Trab kommt.

Ein tolles Gefühl! Endlich mit reinem Gewissen einkaufen, nicht mehr geplagt vom Schuldbewusstsein, dass wir mit unserem Konsum Rohstoffe verschwenden, die Umwelt belasten und riesige Abfallberge herstellen – all das zählt nicht mehr angesichts der großen Aufgabe, unsere Wirtschaft zu retten. Sie müssen keine Bücher mehr lesen, es reicht, dass Sie welche kaufen (Sie können sie ja verschenken). Ihre Garderobe sollten Sie wenigstens zweimal im Jahr komplett austauschen; wofür denken sich schließlich die Modedesigner immer neue Trends aus? Und ein neues Auto sollten Sie auch kaufen, Sie können es ja notfalls in der Garage lassen, falls Sie sich den Sprit nicht leisten können.

Auf der Suche nach dem Märchenprinzen

Obwohl seit zwölf Jahren verheiratet, lese ich leidenschaftlich gern Bekanntschafts- und Heiratsanzeigen, man möchte ja schließlich wissen, was man so alles verpasst hat (oder was einem alles erspart geblieben ist). Auf den ersten Blick scheint das Angebot überwältigend, aber dann fragt man sich doch, wo sich all die attraktiven, gut situierten, nichtrauchenden, kinderlieben Männer mit Leidenschaft für Natur und Kultur, mit Sinn für Romantik und die schönen Dinge des Lebens eigentlich verstecken? Warum laufen Millionen ungebundener Frauen durch die Welt, angestrengt die Fahne des fröhlichen Singles schwenkend, in Wahrheit verzweifelt auf der Suche nach Mr. Right, und werden nicht fündig? Da kann doch irgendwas nicht stimmen mit dem Verhältnis von Angebot und Nachfrage!

Nehmen wir meine Freundin Elena, Anfang vierzig, seit zwei Jahren glücklich geschieden, Mutter einer entzückenden, sechzehnjährigen Tochter, mit einem Beruf und vielen Freunden. Wahrhaftig keine Frau zum Fürchten, keine, die sich ans nächstbeste männliche Angebot klammern würde, aus lauter Angst vor dem Alleinbleiben. Nein, eine tolle, liebenswerte und lebenskluge Frau, die Lust hätte, sich nochmal zu verlieben.

Aber wie, um alles in der Welt, soll sie einen interessanten Mann kennen lernen?

In ihrer Firma kennt sie bereits alle, ihre männlichen Freunde sind verheiratet oder schwul, und sich nachts zum Aufriss allein in eine Kneipe zu stellen, findet sie auch nicht so prickelnd. Bleiben die Anzeigen.

Erst hat sie auf ein paar geantwortet, die nicht ganz so klischeehaft klangen wie diese typischen »Suche Frau, die in Jeans und Abendkleid gut aussieht«-(und nicht mit übergroßer Intelligenz nervt, möchte man hinzufügen)-Anzeigen, aber die Ausbeute war spärlich. Einer schrieb zurück, Frauen über dreißig kämen für ihn nicht infrage (er selbst war zweiundfünfzig), der Nächste stellte klar, dass er Kinder nicht leiden könnte, der Dritte antwortete auf Elenas Brief mit ihrem Foto, sie solle lieber ein Bild ihrer Tochter schicken.

Elena wollte schon aufgeben, doch ich überredete sie, doch mal selbst zu inserieren.

Sie bekam jede Menge Briefe und Fotos, und wir hatten einen ziemlich lustigen Abend.

Da war der Bodybuilder mit Muskelpaketen wie Arnold Schwarzenegger und einem Gesichtsausdruck wie ein greinendes Baby, der angeblich einen Doktortitel hatte. Es gab eine Art Wurzelsepp mit Ganzgesichtsbehaarung, der eine Frau für seinen Bergbauernhof suchte. Gut fand ich auch den Unternehmer, der sich vor einer Yacht hatte ablichten lassen, fett und braun gebrannt wie ein arabischer Ölscheich.

Eine Zeit lang hörte ich nichts mehr, dann rief Elena eines Tages aufgeregt bei mir an und sagte: Ich habe jemanden kennen gelernt! Wow, sagte ich, wo denn? Im Internet, sagte Elena, nächstes Wochenende treffen wir uns.

Ich verlangte von ihr, mir zu sagen, wo das Treffen stattfindet, und sich danach sofort zu melden – für den Fall, dass es sich um einen Serienmörder handelte – was sie natürlich für völligen Schwachsinn hielt, aber man kann schließlich nie wissen!

Um es kurz zu machen: Ein Serienmörder war er nicht. Allerdings auch nicht Mr. Right.

Er war ein netter, etwas schüchterner Mann, mit dem Elena sich bestens unterhielt, mit dem sie eine WG gründen oder eine Studienreise hätte machen, in den sie sich aber niemals hätte verlieben können.

Inzwischen hat sie eine heiße Affäre mit einem Typen, der zehn Jahre jünger ist als sie und in einer Rockband spielt. Kennen gelernt hat sie ihn im Supermarkt, als sie beide gleichzeitig nach der letzten Cornflakespackung griffen. Leidenschaft lässt sich eben nicht in einen Anzeigentext pressen, und Mr. Right sieht manchmal völlig anders aus als wir ihn uns vorgestellt haben!

Nervensäge in der Business-Class

Neulich bei einem Meeting: Jannilein, anderthalbjähriger Spross der PR-Assistentin, krabbelt fröhlich krähend zu unseren Füßen, während wir versuchen, den Ablauf einer ziemlich schwierigen Veranstaltung zu konzipieren. Alle Teilnehmer tragen ein nachsichtiges, kinderfreundliches Lächeln im Gesicht, auch noch, als Jannilein sich an einem Tischbein hochzieht und ein paar wichtige Notizen zerknüllt. Macht doch nichts, sagt der Chef, aber sein Lächeln wirkt angespannt.

Jannilein fängt an zu quengeln, wir reden lauter, um ihn zu übertönen, die Konzentration lässt nach, die Nerven beginnen zu vibrieren, die Einzige, die überhaupt keinen Stress zu haben scheint, ist Jannileins Mutter. Ich ertappe mich bei dem gar nicht kinderfreundlichen Wunsch, Jannilein sofort aus dem Raum zu entfernen. Er hat Hunger, sage ich, um seine Mutter zum Handeln zu zwingen, aber sie winkt ab; er zahnt, korrigiert sie mich, als würde es einen Unterschied machen, warum der Balg schreit, denn das tut er jetzt, und ich merke, wie die Wut in mir hochsteigt, und der Gedanke, dass man das Kindergeld eigentlich komplett abschaffen sollte.

Ich traue mich fast nicht, es zuzugeben, aber seit meine eigenen Kinder größer sind, geht mir Kleinkindergeschrei fürchterlich auf die Nerven, besonders wenn ich mich auf irgendetwas konzentrieren soll. Ich finde, Kinder haben bei einem geschäftlichen Termin nichts verloren, und es ist kein Zeichen von Kinderfreundlichkeit, wenn wir so tun, als würde uns ihre Anwesenheit nicht stören. Im Übrigen ist ein Konferenzraum auch keine besonders kindgerechte Umgebung, und ich bin im beiderseitigen Interesse gegen solche Grenzüberschreitungen; schließlich halten wir unsere Meetings auch nicht im Kindergarten ab.

Als ich selbst noch gestillt habe, hätte ich jede Demonstration für das Recht von stillenden Müttern, überall und ohne Einschränkung zu stillen, angeführt. Für dieses Recht bin ich auch heute noch. Aber ich werde ungern gezwungen, auf den entblößten Busen einer mir wildfremden Frau zu starren, weil diese von ihrem uneingeschränkten Stillrecht mitten im Restaurant Gebrauch macht, und dabei demonstrativ den Pulli so weit hochzieht, dass ich problemlos den Zustand ihrer Milchdrüsen studieren kann.

Ich stehe auch nicht darauf, wenn neben mir eine gefüllte Windel gewechselt wird, vor allem nicht, wenn ich gerade esse, aber manche Frauen scheinen die aufdringliche Zurschaustellung von Mütterlichkeit für einen politischen Akt zu halten, der unsere Gesellschaft kinderfreundlicher machen soll.

Ich fürchte nur, so funktioniert das nicht.

Eine kinderfreundliche Gesellschaft zeichnet sich nicht dadurch aus, dass sie schreiende und Orangensaft spuckende Babys in der Business-Class der Lufthansa toleriert, sondern dadurch, dass sie Lebensräume für Kinder schafft, in denen sie sich frei entfalten können. Wohnungen, die nicht so hellhörig sind, dass Nachbarn sich von Kinderlachen gestört fühlen. Spielplätze, die nicht mit Hundescheiße und Spritzbesteck verunreinigt sind. Kindergärten und Schulen, in denen Kinder liebevoll gefördert und gefordert werden, und das nicht nur bis 13 Uhr.

Kinder in unser Erwachsenenleben pressen zu wollen, wird ihren Bedürfnissen ebenso wenig gerecht wie unseren. Der Mutter von Jannilein wäre mit einem Betriebskindergartenplatz deutlich mehr gedient als mit der Pseudotoleranz ihres Chefs, der zwar verständnisvoll tut, sich aber vermutlich bei nächster Gelegenheit unter einem Vorwand dieser Mitarbeiterin entledigen wird. In seinen Augen leidet ihre Effizienz und Konzentrationsfähigkeit unter der Anwesenheit des Kindes, und vermutlich hat er Recht.

Irgendwann konnte ich Jannileins Geschrei nicht mehr ertragen, ich nahm einen Schokoriegel aus meiner Handtasche und drückte ihn, ungeachtet der Proteste seiner Mutter, dem Knaben in die Hand. Göttliche Stille kehrte ein, nur unterbrochen von gelegentlichem Schmatzen und kleinen Lauten des Wohlbehagens. Schadenfroh sah ich zu, wie Jannilein schließlich mit seinen schokoladenverschmierten Pfoten den hellen Teppichboden des Besprechungszimmers versaute.

Mein Kind, das unbekannte Wesen

Der Mensch ist ein Abgrund, das wissen wir ja, aber wer vermutet schon Abgründe in einem achtjährigen Kind, noch dazu der eigenen Tochter?

Wir bekamen ein Buch geschenkt, »Let's talk – das Spiel der heiklen Fragen«, meine Tochter fragte: »Was ist heikel?«, ich erklärte es ihr, und daraufhin wollte sie unbedingt mit mir spielen. Das Buch enthält 450 Fragen aus den Bereichen »Persönliche Meinung«, »Freundschaft, Partnerschaft, Liebe«, »Gewissensfragen«, »Entscheidungen und Taten«, »Visionen und Träume«, »Erfahrungen und Eigenschaften«.

Ein kleiner Würfel mit Symbolen entscheidet, welcher Bereich abgefragt wird. Ein paar von den Fragen sind so heikel, dass ich sie aussparte, aber die Antworten meiner Tochter sorgten auch so für Überraschung:

Frage: Was glauben Sie, wird im Alter besser?
Paulina (verdreht stöhnend die Augen): »Dass man endlich 'ne eigene Wohnung hat!«
Frage: Ist lebenslange Treue für Sie ein Ideal, und glauben Sie daran, dass sie möglich ist?
Paulina: »Ich glaub schon, dass es gut wäre, aber ich glaube, es geht nicht.«

Ich: »Warum denn nicht?«

Paulina: »Ist doch langweilig.«

Frage: Welchem/r Freund/in würden Sie gerne mal die Meinung sagen? Was hat Sie bisher daran gehindert?

Paulina: »Der Dodo (beste Freundin), dass sie immer so zickig ist. Ich hab's ihr noch nicht gesagt, weil sie immer so zickig ist.«

Frage: Was, glauben Sie, macht den Reiz zwischen einem älteren Mann und einer jüngeren Frau aus?

Paulina: »Die alten Männer sind reich, und die jungen Frauen sind schön.«

Frage: Welche Persönlichkeit des öffentlichen Lebens empfinden Sie als peinlich?

Paulina: »Dieter Bohlen.«

Frage: Sie müssen sich zwischen zwei Lebenspartnern entscheiden: der eine ist reich, gut aussehend und langweilig, der andere arm, normal aussehend, aber originell – für wen würden Sie sich entscheiden?

Paulina: »Für den Armen.«

Ich: »Warum?«

Paulina: »Was nützt mir das Geld, wenn er langweilig ist?«

Frage: Nach der Scheidung verbreitet ihr Ex-Partner schlimme Lügen über Sie, was würden Sie tun?

Paulina: »Ihn anzeigen.«

Frage: Sie können eine Million Euro spenden, wer würde das Geld kriegen?

Paulina: »Also, 50 Euro würde ich behalten, 100 Euro würde ich dir geben, 100 Euro dem Papa ...«

Ich unterbreche sie und sage: »Spenden heißt aber, dass Leute das Geld kriegen, die es nötig haben.«

Paulina (mitleidig): »Ihr habt es nötig!«

Frage: Ihre 50-jährige Mutter lässt sich eine auffällige Tätowierung machen. Was sagen Sie?

Paulina: »Cool, Mama!«

Mein Sohn Leo, 11 Jahre alt, kommt dazu, greift nach dem Buch und liest eine Frage vor: *An wen denken Sie beim Sex?* Er lacht und sagt: »Wahrscheinlich an den, mit dem ich gerade Sex habe!« Er liest die nächste Frage vor: *Stellen Sie sich vor, Sie verlieben sich in einen Menschen, der nicht mehr lange zu leben hat. Würden Sie sich auf eine Beziehung einlassen?*

Paulina: »Ist er reich?«

Ich: »Gerade hast du gesagt, es sei dir nicht wichtig, ob dein Mann Geld hat!«

Paulina (zuckt die Schultern): »Wenn er doch sowieso bald stirbt!«

Manche Fragen aus dem Buch stelle ich ihr nicht. Wer weiß, was sie auf die Frage: *Welche Eigenschaften schätzen Sie an Ihren Eltern, und welche nicht?* antworten würde. Das will ich lieber gar nicht wissen.

Genuss ohne Reue

Mit ein bisschen Glück kann man heutzutage locker neunzig Jahre oder sogar älter werden; wir Frauen – statistisch gesehen – sogar noch etwas älter als die Männer. Dafür muss man allerdings auch einiges tun, geschenkt bekommt man die vielen Lebensjahre nicht, nein, sie müssen hart erarbeitet werden. Mit dem Verzicht auf exzessives Essen, Trinken, Rauchen und Feiern, zum Beispiel. Mit wiederholten Cholesterin-Checks, Darmspiegelungen und anderen Vorsorgeuntersuchungen. Mit wenig Stress, Sport in Maßen und regelmäßigen Schlafenszeiten, kurz, mit einem Leben, das so langweilig ist, dass man sich wirklich fragen muss, ob es sich lohnt, es zu verlängern.

Viele Leute machen die eigene Gesundheit zur Hauptbeschäftigung; mit ernsten Gesichtern powerwalken sie frühmorgens durch die Wohngebiete, kauen anschließend freudlos an einem Möhrchen, streichen nach der Lektüre der Morgenzeitung weitere siebzehn Lebensmittel wegen möglicher Gesundheitsgefährdung von ihrem Speiseplan und durchforsten einschlägige Fachzeitschriften nach günstigen Angeboten für Trimm-Räder und Blutdruckmessgeräte.

Mit Grausen wenden sie sich ab, wenn bei einer Festivität mehr Alkohol konsumiert wird, als unter dem Gesichtspunkt der Thrombosevermeidung günstig ist, und die Unterhaltung mit ihnen dreht sich unweigerlich um die Vorteile der Rohkosternährung, die Zusammensetzung von Vitaminpräparaten oder neue Erkenntnisse über die Verbindung von Fruchtenzymen und Gelenkverschleiß. Manche lassen es dabei bewenden, andere haben es sich zum Ziel gesetzt, nicht nur selbst hundert Jahre alt zu werden, sondern möglichst viele Leute auf diesem Weg mitzunehmen, was verständlich ist, da es ja noch langweiliger ist, uralt zu werden, wenn man dabei völlig allein ist. Sie missionieren also, was das Zeug hält, und lassen keine Gelegenheit aus, ihre Erkenntnisse und Überzeugungen aller Welt großzügig mitzuteilen.

Mal abgesehen davon, dass ich ohnehin nicht zu Heldenhaftigkeit und Verzicht neige, frage ich mich auch, was das für ein Leben sein soll, in dem Genuss keine Rolle spielen darf. In dem es ausschließlich darum geht, eben dieses Leben um jeden Preis zu verlängern, ganz egal, welche Qualität es hat.

Sind es nicht gerade die Exzesse und Übertreibungen, die Abweichungen und Grenzüberschreitungen, die das Leben lebenswert machen? Ein rauschendes Fest, bei dem ich genussvoll über den Hunger gegessen, über den Durst getrunken, womöglich sogar geraucht und danach viel zu wenig geschlafen habe, verkürzt mein Leben vielleicht um ein paar Stunden, aber es bleibt mir als Höhepunkt in Erinnerung, an den ich vielleicht noch Jahre gerne zurückdenke.

Auch bei der täglichen Nahrungsaufnahme möchte ich nicht ständig daran denken, welche Risiken der Verzehr birgt; selbst wenn ich auf Rindfleisch (BSE), Hühnchen (Hormone) und Kartoffelchips (Acryl-Irgendwasgift) verzichte, nehme ich mit dem Salat Nitrate und mit der Milch Schwermetalle auf. Sich gesund zu ernähren hieße heutzutage, die Nahrungsaufnahme komplett einzustellen, da es vermutlich überhaupt kein Lebensmittel mehr gibt, das völlig unbelastet ist. Also habe ich beschlossen, ein paar grundsätzliche Dinge zu beachten und den Rest im Interesse des familiären Seelenfriedens zu ignorieren. Wenn ich mir vorstelle, welch tiefes, grundsätzliches Misstrauen Kinder entwickeln würden, wenn man ihnen nach Süßigkeiten im Allgemeinen (schlechte Zähne), bunten Schokobonbons im Besonderen (Gift im Farbstoff), Fleisch (siehe oben) nun auch noch die Cornflakes mit der Begründung verweigerte, die könnten ein Krebs erregendes Gift enthalten, lasse ich es lieber bleiben. Die Gefahr, dass meine leicht zu beeindruckende Tochter aus Angst vor dem Essen eine Magersucht entwickelt und daran stirbt, schätze ich deutlich höher ein als das Krebsrisiko.

Zurück zu den Gesundheitsfanatikern. Die schmücken sich ja gerne damit, dass ihre gesunde Lebensweise so verantwortungsvoll sei, dabei ist das Gegenteil der Fall. Wer kommt denn für die Kosten auf, die ein mit allen Mitteln verlängertes Leben den Renten – und Krankenkassen aufbürdet? Genau, wir alle. Also, seien wir ehrlich: Jeder, der nach einem Leben voller genussreicher Sünden möglichst kurz nach Eintritt ins Rentenalter diese Erde verlässt, erweist der Gemeinschaft einen Dienst. Das mag traurig sein, wahr ist es trotzdem.

In diesem Sinne: Genießen Sie das Leben und bereuen Sie nichts!

Immer voll vorbei

Heute lesen Sie wieder eine Lektion aus der Reihe »Warum Männer und Frauen sich nicht verstehen können«. Dieses Thema behandle ich ja immer wieder mal, was daran liegt, dass es zwischen Männern und Frauen eine Fülle von Möglichkeiten gibt, sich misszuverstehen. Ja, manchmal beschleicht einen das Gefühl, das Missverständnis sei sozusagen die Basis der Kommunikation zwischen Mann und Frau, und als sei es eher Zufall, wenn sie sich mal *richtig* verstehen.

Nehmen wir folgenden Dialog, der sich täglich so (oder so ähnlich) zwischen Paaren abspielt:

Sie sagt: »Lass uns doch mal wieder schön zusammen essen gehen!« *(Sie meint: Es war so viel los in letzter Zeit, ich hätte dich gerne mal wieder für mich.)*

Er sagt: »Warum sollen wir denn ausgehen, wir haben es doch zu Hause so gemütlich.« *(Er meint: Selber kochen ist billiger und der Weg zum Bett ist kürzer.)*

Sie sagt: »Ich würde gerne mal wieder unter Leute.« *(Sie meint: Ich möchte endlich meine neuen Klamotten ausführen, und dich würde ich auch gerne mal wie-*

der in was anderem sehen als in deinem alten Bademantel.)

Er sagt: »Ich dachte, du willst mich für dich allein haben.« *(Er meint: Du langweilst dich also mit mir.)*

Sie sagt: »Deshalb können wir doch trotzdem ins Restaurant gehen.« *(Sie meint: Ich will einfach mal wieder verwöhnt werden.)*

Er sagt: »Du kochst viel besser.« *(Er meint: So lange du kochst, könnte ich die erste Halbzeit Bayern-Schalke anschauen.)*

Sie sagt: »Ich hab keine Lust zu kochen.« *(Er versteht: Ich hab keine Lust auf dich.)*

Er sagt: »Ich habe heute Abend sowieso ein Meeting, könnte später werden.« *(Er meint: Dann schau ich mir das Spiel eben mit meinen Kumpels an …) (Sie versteht: Ich habe etwas Besseres vor, als mit dir essen zu gehen.)*

Sie sagt: »Du liebst mich nicht mehr.« *(Sie meint, was sie sagt.)*

Er sagt: »Wie kommst du denn darauf?« *(Er meint: Wenn du schon keine Lust auf Sex hast, dann lass mich wenigstens das Fußballspiel ansehen.)*

Sie sagt: »Ich spür das einfach.« *(Sie meint: Du bist ein unsensibler Klotz.)*

Er sagt: »Du spinnst.« *(Er meint: Hast du deine Tage?)*

Sie sagt: »Ich glaube, wir sollten uns trennen.« *(Sie meint: Jetzt nimm mich doch endlich in den Arm!)*

Wie dieser Dialog endet, ist von Fall zu Fall verschieden, sicher ist: Mann und Frau haben mal wieder grandios aneinander vorbeigeredet, und das, ohne es zu merken.

Das Problem ist nämlich, dass beide glauben, der andere meine immer, was er sagt, müsse aber verstehen, dass man selbst eigentlich etwas anderes meint.

Aber um sich misszuverstehen, muss man nicht mal eine Unterhaltung führen, schon einzelne Begriffe werden von Männern und Frauen völlig unterschiedlich aufgefasst, wie folgende Beispiele zeigen:

Einkaufen:
Für Frauen = gemütliches, stundenlanges Bummeln durch Läden und Kaufhäuser, gelegentliche Anprobe von Kleidungsstücken, zwischendurch Kaffee und Kuchen.
Für Männer = Aufsuchen eines Geschäftes, Tunnelblick auf das, was gekauft werden soll, Anprobe von maximal zwei Teilen, Verlassen des Geschäftes nach höchstens zehn Minuten.

Schenken:
Für Frauen = ein Anlass, den Liebsten mal wieder so richtig zu überraschen.
Für Männer = ein Anlass, sich von der Liebsten mal wieder so richtig überraschen zu lassen.

Sex:
Für sie = Beweis für die Existenz ihrer Liebe
Für ihn = Beweis für die Existenz seiner Triebe

Romantik:
Sie (blickt schwärmerisch zum Nachthimmel hoch) »Schau mal, wie schön der Mond ist!«

Er (blickt misstrauisch zu ihr): »Was willst du denn damit sagen?«

Fazit:
Man muss jemanden nicht verstehen, um ihn zu lieben.

Leben ohne Strohsterne

Es ist schon traurig, wenn man – wie ich – mit zwei linken Händen geboren wird, an denen auch noch lauter Daumen sind. So zumindest fühle ich mich, wenn mal wieder Bastelzeit ist, also eigentlich das ganze Jahr. Denn von einer Mutter zweier Kinder wird offenbar erwartet, dass sie immerzu etwas faltet, schnippselt oder verziert, ein fröhliches Liedlein auf den Lippen, geduldig die Schere oder den Zeichenstift führend, die lieben Kleinen in das Geheimnis von Lochstickerei oder Origami-Faltung einweisend, denn gemeinsames Basteln und Handarbeiten gilt unter guten Müttern als die Königsdisziplin kindgerechter Pädagogik.

Wahrscheinlich bin ich keine gute Mutter, denn ich hasse Basteln. Und ich kann es auch nicht. Das eine hängt vermutlich mit dem anderen zusammen, denn der Mensch neigt dazu, Tätigkeiten zu favorisieren, die ihm Erfolgserlebnisse einbringen. Im Bereich der kreativen Handarbeit hatte ich noch nie Erfolgserlebnisse. Schon meine Schulzeit war geprägt von schlimmen Niederlagen; mein selbst gestrickter Teddybär sah aus wie eine Skisocke, die gehäkelten Deckchen ähnelten einem Wollknäuel, mit dem die Katze gespielt hatte, meine Tonfiguren waren unförmige Klumpen, die am Ende der Stunde mit dem übrigen Abfall entsorgt wurden.

Im Kunstunterricht bin ich nie über das Zeichnen von Strichmännchen hinausgekommen; später versah ich sie mit einem langen Rock, Haaren und einer Krone und erntete bei meinen Kindern eine gewisse Anerkennung für meine »Prinzessinnen«. Schon seit längerem kann ich sie allerdings mit dieser simplen Ikonographie nicht mehr beeindrucken.

Natürlich packt mich trotzdem immer wieder der Ehrgeiz, und ich nehme Faschingsfeste, Ostern, Geburtstage, Sommerfeste, die Kastanienzeit, die Adventszeit und die Weihnachtszeit jedes Jahr aufs Neue zum Anlass, meine Bastelphobie zu überwinden und mich endlich als gute Mutter zu präsentieren. Ich kaufe Berge von Bastelbüchern, Buntpapier, Glanzpapier, Holzperlchen, Kleber und anderes Material und bemühe mich, den Eindruck einer souveränen Bastelexpertin zu erwecken. Aber meine Kinder lassen sich nicht täuschen. Längst haben sie erkannt, dass die Resultate, die andere Mütter erzielen, weitaus überzeugender sind, von der Könnerschaft ihrer Kindergärtnerinnen und Lehrerinnen mal ganz abgesehen.

»Die Strohsterne von der Sabrina sind aber viel schöner!«, belehrte mich Paulina, als ich letztes Jahr Weihnachten mal wieder einen Versuch unternahm, mich auf dem Gebiet des Sternebastelns zu profilieren. Verzweifelt kämpfte ich mit den störrischen Halmen, die immer abbrachen, wenn ich sie knicken wollte, aber keineswegs brachen, wenn sie sollten. Sie hafteten an meinen klebstoffverschmierten Fingern, bildeten kleine Garben und weigerten sich beharrlich, eine sternenähnliche Form anzunehmen. Nach diesem vernichtenden Urteil beschloss ich, dass meine undankbare Brut fortan ohne Strohsterne würde leben müssen. Oder vielleicht könnte ich ja Sabrina um ein paar von ihren Sternen bitten und sie als meine ausgeben …?

Der Albtraum waren für mich immer die gemeinsamen Bastelabende im Kindergarten. Auf winzigen Stühlchen hockend, mit verkrümmten Rücken und verkrampften Fingern ertrug ich unter dem Motto »Wir basteln eine Schultüte« oder »Wir fertigen wunderschönen Osterschmuck« die ständige Demütigung, als Einzige nicht mal eine konisch geformte Tüte zustande zu bringen, oder einen als solchen zu identifizierenden Papphasen.

Glücklicherweise sind Leo und Paulina aus dem Kindergartenalter raus, und diese Abende nicht mehr erleben zu müssen, wäre für mich schon Grund genug gewesen, kein drittes Kind mehr zu bekommen.

Neulich habe ich es aber doch mal geschafft, Eindruck zu machen: Für ein Abendessen mit Gästen zog ich die Papierservietten über einen Bleistift und stauchte sie, bis eine Art dreieckiges Segel entstand, das aufrecht auf dem Teller stehen blieb – so ungefähr das Einzige, was mir in Sachen Tischdeko jemals gelungen ist. Staunend sah mir mein Sohn Leo zu und sagte bewundernd: »Was du alles kannst, Mama!« Na bitte.

Uncool und peinlich

Was ist los mit einem knapp Zwölfjährigen, der sich vor dem Schlafengehen Gel ins Haar knetet, statt Kinderkassetten plötzlich die Rolling Stones hört, nicht mehr in »Das fliegende Klassenzimmer«, sondern in den Rapper-Film »8 Mile« gehen will und alle Fragen mit einem pampigen »Mir doch egal« beantwortet? Der innerhalb von fünf Minuten einen Wutanfall und einen Lachkrampf kriegt und auf die Frage »Möchtest du Salami aufs Brot?« in Tränen ausbricht?

PUBERTÄT? Jetzt schon? Das kann doch nicht sein! Oder doch?

Unser bisher so freundlicher Sohn knallt sich, ohne zu fragen, vor den Fernseher, gibt patzige Antworten, vernachlässigt demonstrativ seine Aufgaben im Haushalt und kontert jeden elterlichen Einwand gegen seine Pläne mit einem wütenden »Immer müsst ihr alles verderben!« Auch, wenn wir ihn lediglich bitten, unser Haus mit seinen Zündeleien nicht einer Brandkatastrophe auszusetzen.

Sein neuer Standardsatz lautet: »Du bist echt peinlich, Mama!«, und zwar egal, ob ich Passanten nach dem Weg frage, Geld für den Parkautomaten wechsle oder in einem Gasthaus kaltes Essen reklamiere. Sogar mit seinem

Vater zofft sich Leo neuerdings, obwohl die zwei bisher ein eingeschworenes Team waren. Ich vermute, seinen Freunden gegenüber würde unser Sohn sich am liebsten als Waisenkind ausgeben, so uncool findet er seine Alten zurzeit.

»Pubertät ist, wenn die Eltern schwierig werden« lautet der Titel eines der unzähligen Ratgeberbücher, mit denen wir Eltern uns trösten sollen. In diesen Büchern stehen viele kluge Dinge, trotzdem rechnet man nicht damit, dass aus einem reizenden, vielleicht etwas übermütigen Jungen völlig unerwartet ein frecher, aufsässiger Rotzlöffel wird, der seine an der Schule erworbenen rhetorischen Fähigkeiten für endlose Debatten mit seinen genervten Erziehern missbraucht. Tja, das haben wir jetzt davon, dass wir so nette, tolerante Eltern sind, die ihren Kindern immer alles erklären, statt einfach Gehorsam von ihnen zu verlangen. Und die heilige Eide geschworen haben, ihre Brut niemals zu züchtigen, auch wenn sie noch so frech und aufsässig ist. Das zerrt an den Nerven, kann ich Ihnen sagen, und manchmal würde ich gerne alle heiligen Eide vergessen, oder doch wenigstens Türen knallend das Haus verlassen. Aber nicht mal das darf ich, denn ich muss ja Vorbild sein. Auch das noch.

Vor kurzem entdeckten mein Mann und ich eine Zeitungsmeldung, die uns manches klarer sehen ließ: Es seien nicht nur die einschießenden Hormone, die bei Pubertierenden für Chaos sorgten; durch gewisse Umbauarbeiten im Gehirn würden die Jugendlichen vorübergehend regelrecht verblöden. Sie verlören eine ganze Reihe ihrer Fähigkeiten, insbesondere im sozialen Bereich. Tischmanieren, freundlicher Umgang, Pünktlichkeit, Ordnung – alles weg, was wir ihnen bis dahin mühsam beigebracht haben. Die Schulleistungen lassen rapide nach, weil die Kids einfach vergessen, wie man ein gleichschenkliges Dreieck berechnet oder einen Erlebnisbericht schreibt. Das geht so lange, bis das Gehirn seine Umbauphase abgeschlossen hat und alles wieder am richtigen Platz ist. Sehr tröstlich. Dauert ja nur drei, vier Jahre oder so.

Und was machen wir bis dahin? Unserem Sohn ein Schild auf die Stirn kleben: »Achtung, Baustelle!«? Unsere Ohren auf Durchzug stellen? Einen Kurs in Autogenem Training belegen? Vielleicht hilft es ja, wenn man gelegentlich an die eigene Pubertät zurückdenkt. Schließlich fanden wir unsere Alten auch mal peinlich. Und waren insgeheim sehr froh, dass sie trotzdem nicht aufhörten, uns zu lieben.

Gestern habe ich im Kinderzimmer den Schriftzug »Leo+Lisa« entdeckt, aus Fruchtgummi-Buchstaben liebevoll zusammengesetzt. Vor zwei Wochen hat Leo Lisa gefragt, ob sie mit ihm gehen will. Sie hat ja gesagt. Morgen gehen sie zusammen ins Kino. »Sweet home Alabama«. »8 Mile« war ihr dann doch zu hart.

Ich stand da, las »Leo+Lisa« und dachte zurück an den Moment, als ich meinen Sohn nach der Geburt zum ersten Mal im Arm gehalten hatte. Nun bin ich nicht mehr die wichtigste Frau in seinem Leben, dachte ich. Und das tat ganz schön weh.